普通高等教育“十一五”精品课程建设教材

分析化学实验

孙 英 主编

中国农业大学出版社

编 写 人 员

主　编　孙　英

副主编　周文峰　荣　群

编　者　（按姓氏笔画排序）

王红梅　王金利　毛朝姝　孙　英　杜光明
张　莉　张春荣　张佩丽　周文峰　段云青
荣　群　饶震红　彭庆蓉　鲁润华　景伟文
熊艳梅

内 容 简 介

本书精选和修改了基础化学分析的内容，删除了与基础分析化学教学联系不大的内容，增加和加强了具有设计性、研究性的现代分析化学的内容。本书共安排37个实验，既有基础性实验，又有拓展性实验和研究型实验，同时增加2个英文实验报告，以训练学生英语阅读与写作水平。

本书可作为高等农业院校及林业院校化学类专业以及其他各专业的实验教材，同时可供理、工、农、医类的不同专业、不同层次的教学要求进行选择。也可供从事化学实验的工作人员学习、参考。

前　言

分析化学是一门经典而又蓬勃发展的学科，是高等农林院校许多专业必修的一门基础课。而现有的分析化学实验中有相当一部分内容较为简单，大多数是常量、常规实验，其中主要还是一些性质验证实验，与农业、生物等各专业联系不够密切，难以适应我国社会经济和科技发展的需要，更谈不上满足学生个性发展的需要。其次，由于实验经费短缺，实验教学手段大多还是六七十年代的“老一套”，即“两根滴定管，一台天平练半年”。综合训练的内容少，操作大型精密仪器的内容几乎没有。同时在实验的教学方法上基本上仍以“注入式”教学为主，学生实验“照方抓药”，学习处于被动状态，很不利于培养学生的思维能力和创新能力。随着我国国民经济的迅猛发展，现代分析中仪器已成为农业化学、生物化学、食品化学、环境保护、作物营养诊断、农副产品检验以及生命科学等各个学科中不可缺少的重要手段，新的研究对象乃至细胞、生物分子、各种活性物质的分离、提纯、分析测试都离不开现代仪器分析的原理，不会使用现代仪器，是不可思议的，也无法满足专业的需求。

在十几年的教学实践中，我们认为实验课教学应以学生为中心，原来单一的计划教学实验体系随着社会经济的发展和高等教育改革的深入，已经逐步转变为计划教学实验与开放教学实验相结合的复合型教学实验新体系。2008 年 6 月，教育部高等农林院校理科基础课程教学指导分委员会化学教学指导组在北京召开的会议上重新讨论了综合性大学与高等农林院校分析化学实验的课程内容与教学基本要求，提出了“强化基础、改革创新、示范教材”的建设思路，据此，确定了本书的编写宗旨是：以基础实验—综合实验—设计实验这一新的实验模式重新组织实验教学；改革单向系统传授实验知识和技术的实验教学体系，建立系统传授与探索研究相结合的实验教学体系；增加开放式、研究型实验，激发学生对科学实验的兴趣，培养学生的创新能力；同时结合农林院校的特色，更加突出化学实验与农业生产的紧密联系。

本书共选入 37 个实验，分为基本操作实验、定量分析基础实验、综合实验和设计实验四部分，内容安排力求做到循序渐进，以利于对学生分阶段有层次地进行培养和训练。同时注意实验的主要内容配合理论课，注意理论与实际相联系，使理论课中重要理论和知识通过实验能进一步巩固、扩大和深化。同时增加 2 个英文实验报告，训练学生英语阅读与写作水平，使学生能使用英文描述与表达实验仪器、实验现象、实验过程、实验结果等，为学生今后的深造、掌握国外化学研究的新动态打下基础。

参加本书编写工作的有：中国农业大学的王红梅、王金利、毛朝姝、孙英、张莉、张春荣、张佩丽、周文峰、饶震红、彭庆蓉、鲁润华、熊艳梅，新疆农业大学的荣群、杜光明、景伟文以及山西农业大学的段云青，全书由主编、副主编修改、统稿完成。中国农业大学出版社和编辑对本书的顺利出版给予了大力的支持，在此表示衷心的感谢！

由于编者的水平所限，书中难免会有疏漏之处，还请同行专家和使用此书的同学不吝赐教，以待改进，编者万分感激。

本书在编写过程中参考了许多相关参考书。在此对这些参考书的作者表示感谢。

编　者

2008 年 12 月于北京

目　录

第一部分

基本操作实验

实验一　天平称量练习

一、实验目的

(1)学习电子天平的基本操作和常用的称量方法。

(2)通过称量练习进一步掌握电子天平的正确使用方法。

(3)培养准确、整齐、简明地记录实验数据的习惯。

二、实验原理

电子天平是最新一类的天平,是利用电子装置完成电磁力补偿的调节,使物体在重力场中实现力矩的平衡。

按电子天平的精确度可分为百分之一(精确到0.01 g)电子天平、千分之一(精确到0.001 g)电子天平和万分之一(精确到0.000 1 g)电子天平等。

三、实验技术

(一)几种常见的称量方法

1.直接称量法。此法用于称量一物体的质量。例如:称量小表面皿、坩埚等。这种称量方法适用于称量洁净干燥的不易潮解或升华的固体试样。具体操作方法是,先将称量纸或容器置于天平上,称出称量纸或容器的质量、记录,然后用药勺将固体试剂添加到称量纸或容器,称出质量。

2.固定质量称量法。又称增量法。此法用于称量某一固定质量的试剂(如基准物质)或试样。适于称量不易吸潮、在空气中能稳定存在的粉末状或小颗粒试样。具体操作方法是,先将称量纸或容器置于天平上,称出称量纸或容器的质量、记录,再添加试剂,在接近所需质量时,右手拇指和中指拿药勺,食指轻弹药勺柄,将药勺里的试剂非常缓慢地抖入称量纸或容器,直至达到所需质量。

注意:在称量过程中,不能将试剂散落在表面皿等容器以外的地方,称好的试剂必须“定量转移”。

3.差减称量法。此法用于称量一定质量范围的试样或试剂。具体操作方法是,先用纸条套住称量瓶(图1)置于天平上,称出装有待称试样的称量瓶的质量、

记录质量为 m_1,取下称量瓶,用小纸片夹住称量瓶盖柄,置于容器上方,打开瓶盖,用称量瓶盖轻敲瓶口至称量瓶倾斜,使试样慢慢落入容器中(图 2)。当倾出的试样接近所需质量时,继续用瓶盖轻敲瓶口至称量瓶竖直,使黏附在瓶口上的试样落下,然后盖好瓶盖,再放回天平上称量,记录质量为 m_2,两者之差 m_1-m_2 即为所称取的试样质量。

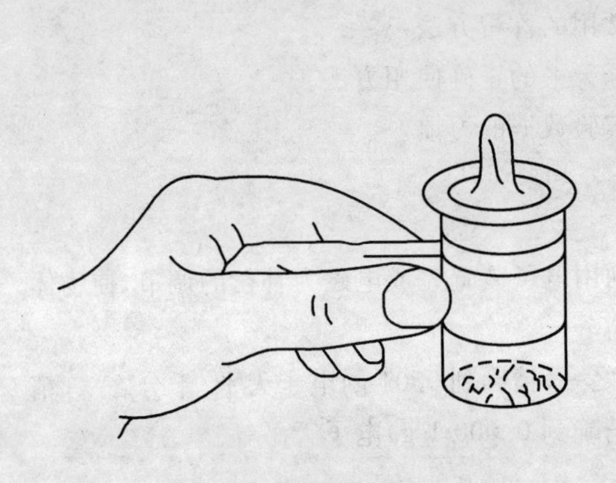

图 1 称量瓶拿法

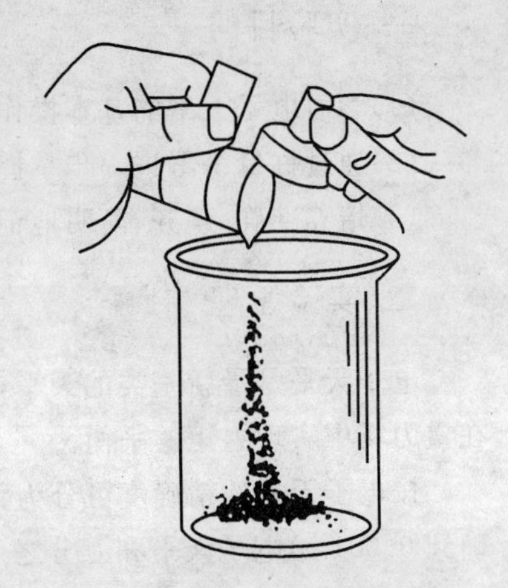

图 2 从称量瓶中敲出试样

(二)电子天平的使用方法

(1)拿下天平罩,叠平后放在天平箱上方,检查秤盘是否洁净。

(2)水平调节:观察水平仪。如果水平仪水泡偏移,需调节水平调节脚,使水泡位于水平仪中心。

(3)开启显示器:轻按 ON 键,显示器全亮,然后显示称量模式 0.000 0 g。若显示的数据不为零,应进行调零。

(4)称量:置被称物于秤盘上,等数字稳定后,该数字即为所称物质的质量值。

去皮称量:调零后,置容器于秤盘上,天平显示容器质量,再按下调零键,显示零,即去皮。再置被称物于容器中,或将待称物逐渐加入容器中直至加物达到所需质量,等数字稳定后,这时显示的数字是所称物质的净质量。

(5)称量结束后,按 OFF 键,关闭显示器。若当天不再使用天平,应拔下电源插头。盖上天平罩,并在天平使用登记本上登记。

(三)注意事项

(1)用天平称量之前要检查仪器是否水平。

(2)开关天平侧门,放取被称物等,动作要轻、慢、稳,切不可用力过猛、过快,以免损坏天平。

(3)称量时要把天平的门关好,待稳定后再读数。称量读数要立即记录在实验报告本中。

(4)称量物不得超过天平的量程。

(5)不能用天平直接称量腐蚀性物质。

(6)称量时应将被称物置于天平正中央。

四、仪器及药品

电子天平、称量瓶、试样(沙子)。

五、实验内容

利用差减称量法称取约 0.5 g 沙子。

六、数据处理(以差减称量法为例)

分析天平称量练习

项　目	编　号		
	Ⅰ	Ⅱ	Ⅲ
称量瓶＋试样质量 m_1/g			
倾出部分试样后称量瓶＋试样质量 m_2/g			
倾出试样质量 m_s/g			
坩埚＋试样质量 m_1'/g			
空坩埚质量 m_2'/g			
坩埚中的试样质量 m_s'/g			
操作结果检验 $m_s - m_s'$/g			

思考题

1. 称量方法有哪几种？固定质量称量法和差减称量法各有何优缺点？各在什么情况下选用？

2. 使用称量瓶时，如何操作才能保证试样不致损失？

3. 电子天平的灵敏度越高，是否称量的准确度越高？

实验二　滴定分析基本操作练习

一、实验目的

(1)掌握滴定管的洗涤和使用方法。

(2)练习滴定分析的一些基本操作,学会正确判断滴定终点。

二、实验原理

酸碱滴定常用的滴定剂为强酸或强碱,强酸包括 HCl,H_2SO_4,HNO_3 等,强碱有 NaOH,KOH,$Ba(OH)_2$ 等。HCl 溶液无氧化性,不会破坏指示剂,且大多数氯化物易溶于水,因此常用盐酸配制酸标准溶液。NaOH 为常用的碱标准溶液。

一定浓度的 HCl 溶液和 NaOH 溶液相互滴定时,由于 $c(NaOH)/c(HCl)$ 是一个确定的值,根据 $\Delta n(NaOH) = \Delta n(HCl)$,所消耗的体积之比 $V(HCl)/V(NaOH)$ 应该是一定的。改变被滴定液的体积,终点时与所消耗滴定剂的体积比应该是一个恒定值。利用这个原理,可以检验滴定操作技术及判断终点的能力。

滴定终点的正确判断是保证滴定分析准确度的一个重要因素,因此必须学会正确判断终点以及检验终点。

以约 0.1 $mol \cdot L^{-1}$ HCl 溶液滴定约 0.1 $mol \cdot L^{-1}$ NaOH 溶液的突跃范围在 9.7～4.3,而甲基红的 pH 变色范围是 4.4～6.2,以甲基红为指示剂,可以保证指示剂颜色变化时的 pH 在突跃范围内,终点时,溶液颜色由黄色变为橙色。这种颜色的变化不容易掌握,对初学者来说,一定要多加练习,判断终点及终点的颜色变化。

三、实验技术

滴定管是可以放出不定量液体的量出式玻璃仪器,主要用于滴定时准确测量标准溶液的体积。滴定管的主要部分是由内径均匀并具有精确刻度的玻璃管制成,下端连接控制液体流出速度的玻璃活塞或含有玻璃珠的乳胶管,底端再连接一个尖嘴玻璃管。

滴定管的容量精度分为 A 级和 B 级。

一个标准的滴定管,在滴定管零刻度上应标明“Ex”(量出式)、温度、级别及制造商。常量分析的滴定管容积有 50，25 mL 两种，最小刻度为 0.1 mL，读数时精确到 0.01 mL。此外，还有 10，5，2，1 mL 等半微量或微量滴定管。根据盛放溶液的性质不同，滴定管可分为两种：一种是下端带有玻璃活塞的酸式滴定管，用于盛放酸性溶液和氧化性溶液，因玻璃活塞会被碱性溶液腐蚀，因此不能盛放碱性溶液，见图 3(a)；另一种为碱式滴定管，管的下端连接一段乳胶管，乳胶管内放一个玻璃珠来控制溶液滴定的速度，用于盛放碱性溶液，但不能盛放与乳胶管发生反应的氧化性溶液，如 $KMnO_4$，I_2 等溶液，见图 3(b)。另外，可利用聚四氟乙烯材料做成滴定管下端的活塞和活塞套，代替酸管的玻璃活塞或碱管的乳胶材料，这种滴定管的优点是可以盛放各种溶液，如酸、碱、氧化性、还原性溶液等，前提是聚四氟乙烯材料的质量必须保证，见图 3(c)。

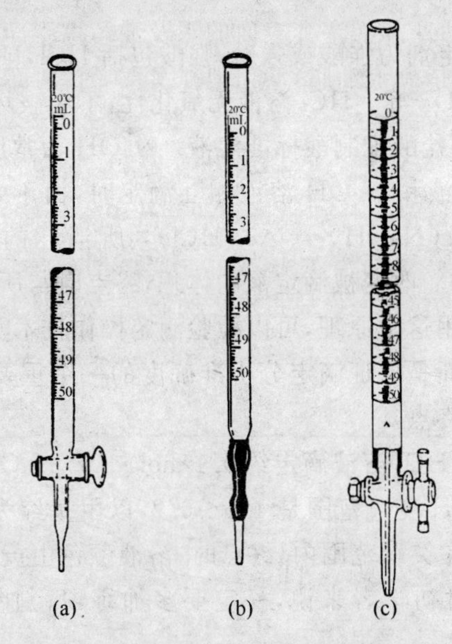

(a)酸式滴定管 (b)碱式滴定管

(c)具聚四氟乙烯活塞的滴定管

图 3 滴定管

(一)滴定管的准备

1. 酸式滴定管的洗涤。先检查外观和密合性。将涂好油的活塞插入活塞套内呈关闭状态，管内充水至最高标线，垂直挂在滴定台上，15 min 后漏水不应超过 1 个分度。然后进行清洗，根据滴定管受沾污的程度，可采用下列几种方法进行清洗。

(1)用自来水冲洗。洗净的滴定管,管内壁应不挂水珠。如果没有达到洗净标准,按以下方法进行。

(2)铬酸洗液洗涤。将铬酸洗液装入酸式滴定管近满,浸泡 20 min 左右,将洗液倒回原瓶。或者,装入 10～20 mL 洗液于酸管中,用两手托住酸管,边转动边放平,直到洗液布满全管。在放平过程中,酸管上口对准洗液瓶口,防止洗液洒到外面。然后将洗液放回原瓶,再用自来水洗净,最后用纯水洗 3 次,每次用纯水约 10 mL。

2.玻璃活塞涂油。为使玻璃活塞转动灵活并防止漏水现象,需将活塞涂油,方法如下:

(1)将滴定管中的水倒净后,平放在实验台上,取下活塞小头处的固定橡皮圈,取出活塞。用滤纸片将活塞和活塞套表面的水及油污擦干净。

(2)活塞涂油。用食指蘸上油脂,均匀地在活塞 AB 两部分涂上薄薄一层油脂(图 4)。油脂要适量,油涂得太多,活塞孔会被堵住;涂得太少,达不到转动灵活和防止漏水的目的。涂好油后将活塞直接插入仍平放的滴定管的活塞套中,插入时,活塞孔应与滴定管平行,以避免将油脂挤到活塞孔中去。插好后,沿同一方向旋转几次,此时活塞部位应呈透明。旋转时,应有一定的向活塞小头方向的挤压力,以免活塞来回移动而堵住活塞孔。最后将橡皮圈套在活塞的小头端的沟槽内。

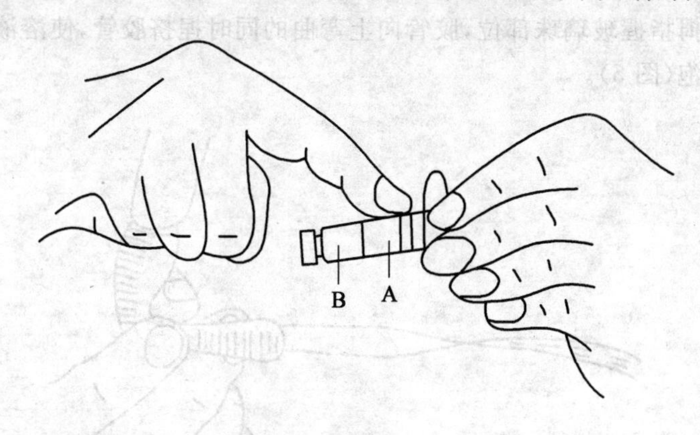

图 4　活塞涂油操作

涂油后,用水充满滴定管,放在滴定管架上直立静置 2 min。如无漏水,再将活塞旋转 180°,观察有无水滴下;如漏水,则应重新涂油。

如果活塞孔或滴定管尖被油脂堵塞,可以将管尖插入热水中温热片刻,使油脂熔化,打开活塞,使管内的水急流而下,冲掉软化油脂。或者将滴定管活塞打开,用洗耳球在滴定管上口挤压，将油脂排除。

3.碱式滴定管。使用前检查乳胶管是否老化变质、玻璃珠大小是否合适。玻璃珠过大，不便操作，过小则会漏水。如不合要求，及时更换。

洗涤方法与酸管相同。如果需要用铬酸洗液，可以将管端乳胶管取下，用橡皮乳胶头堵住，再将洗液装入碱管。

(二)溶液的装入

溶液装入滴定管前，应将其摇匀。溶液应直接装入滴定管中，不得用其他容器来转移。转移溶液时，左手持滴定管上部无刻度处，并稍微倾斜，右手拿住试剂瓶向滴定管倒入溶液。如用小试剂瓶，右手可握住瓶身；如用大试剂瓶，可将试剂瓶放在桌上，手握瓶颈，使瓶倾斜，让溶液缓缓倾入滴定管中。

为避免装入后溶液被稀释，应先用标准溶液淋洗滴定管内壁两三次。每次装入溶液 10 mL 左右，两手持管，边转动边将管身放平，使溶液洗遍全部内壁，然后从管尖端放出溶液。润洗后，装入溶液至“零”刻度以上。

装好溶液的滴定管，应检查管下端尖头部分是否留有气泡。酸管有气泡时，右手拿管上部无刻度处，并将滴定管倾斜 60°，左手迅速旋转活塞，使溶液急速流出的同时将气泡赶出。对于碱式滴定管，右手拿住管身下端，将滴定管倾斜 60°，用左手食指和拇指握玻璃珠部位，胶管向上弯曲的同时捏挤胶管，使溶液急速流出的同时赶出气泡(图 5)。

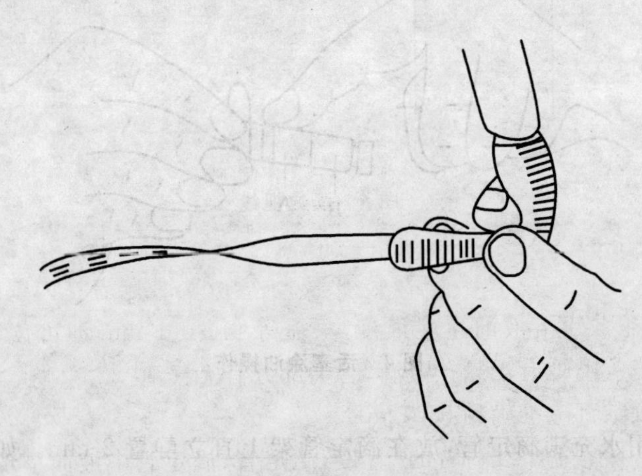

图 5　碱管排气泡

(三)滴定管读数

由于读数不准而引起的误差是滴定分析误差的主要来源之一。读数应遵循以下规则：

(1)将滴定管从滴定管架上取下，用右手大拇指和食指轻轻捏住滴定管上端无刻度处，其他手指从旁边辅助，使滴定管自然保持竖直，然后再读数。如果滴定管在滴定管架上能保持垂直(从正面、侧面看都垂直)，读数时视线能保持水平，也可以在滴定管架上直接读数。

(2)由于水对玻璃的浸润作用，滴定管内的液面呈弯月形。无色和浅色溶液的弯月面比较清晰，读数时，应读弯月面下缘实线的最低点，即视线与弯月面下缘实线的最低点在同一水平(图 6)。对于深色溶液，如 $KMnO_4$，I_2 溶液，其弯月面不够清晰，读数时，视线应与液面的最高点在同一水平。

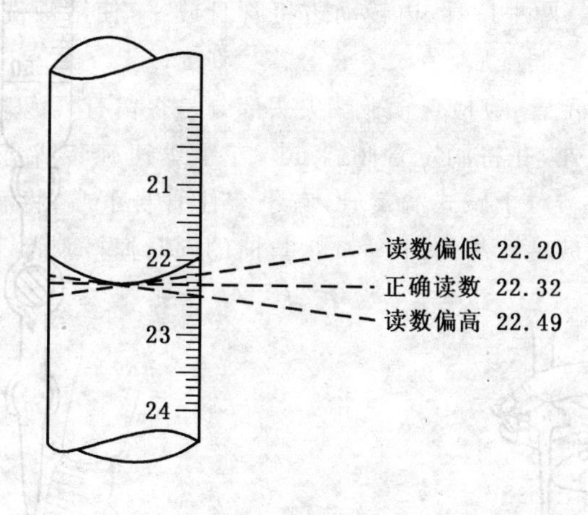

图 6　读数视线

(3)在装入溶液或放出溶液后，必须等 1～2 min，使附着在内壁的溶液流下后方可读数。如果放出溶液的速度很慢，只需等 0.5～1 min 即可读数。每次读数时，应检查管口尖嘴处有无悬挂液滴，管尖部分有无气泡。

(4)每次读数都应准确到 0.01 mL。

(5)对于乳白底蓝条线衬背的“蓝带”滴定管，滴定管中液面呈现三角交叉点，应读取交叉点与刻度相交之点的读数。

(四)滴定管的操作方法

使用滴定管时,应将滴定管垂直地夹在滴定管夹上。

使用酸管时,左手握滴定管活塞部分,无名指和小指向手心弯曲,轻轻贴着出口的尖端,用其他三指控制活塞的转动,如图 7 所示。注意:左手手心内凹,不能接触活塞的小头处,且拇指、食指和中指应稍稍向手心方向用力,以防推出活塞而漏液。

使用碱管时,用左手大拇指和食指夹住玻璃珠所在位置的乳胶管,向右边挤推,使溶液从玻璃珠旁边的空隙流出,如图 8 所示。其他手指辅助夹住胶管下的玻璃小管。注意:推乳胶管不是捏玻璃珠,不要使玻璃珠上下移动,也不能捏玻璃珠下的胶管,以免空气进入形成气泡,影响读数。

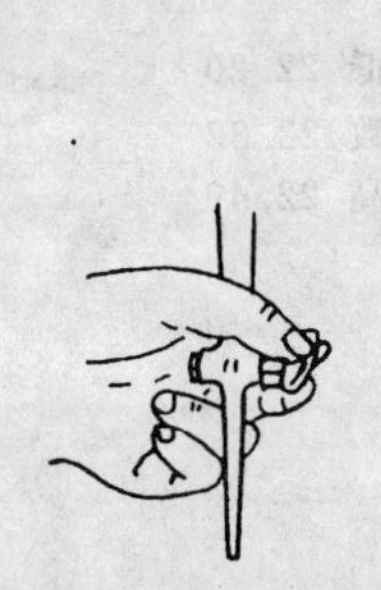

图 7　酸管操作图

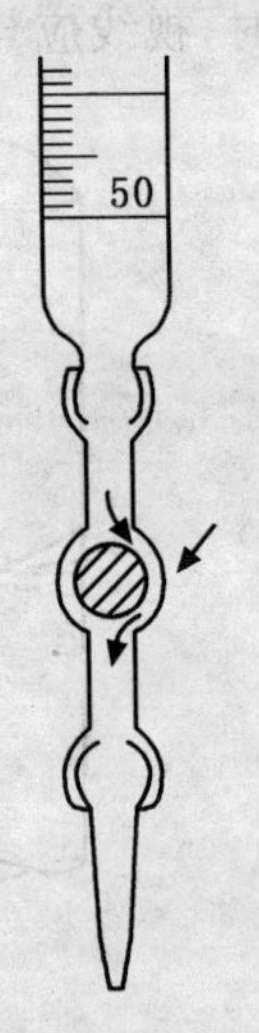

图 8　碱管操作图

滴定操作可在锥形瓶或烧杯内进行。用锥形瓶时,右手的拇指、食指和中指拿住瓶颈,其余两指辅助在下侧。当锥形瓶放在台上时,滴定管高度以其下端插入瓶内 1 cm 为宜。左手握滴定管活塞部分,边滴加溶液,边用右手摇动锥形瓶,见图 9。

在烧杯中滴定时,将烧杯放在滴定台上,调节滴定管使其下端深入烧杯内约 1 cm,且位于烧杯的左后方处。左手滴加溶液,右手持玻璃棒搅拌溶液,如图 10 搅拌时玻璃棒不要碰到烧杯壁和底部,整个滴定过程中,搅拌棒不能离开烧杯。

滴定通常在锥形瓶中进行，而溴酸钾法、碘量法等需要在碘量瓶中进行反应和滴定。碘量瓶是带有磨口玻璃塞和水槽的锥形瓶，喇叭形瓶口与瓶塞柄之间形成一圈水槽，槽中加纯净水可以形成水封，防止瓶中溶液反应生成的 Br_2，I_2 等逸失。反应一定时间后，打开瓶塞，水即流下并可冲洗瓶塞和瓶壁，接着进行滴定。滴定结束，滴定管内的溶液应弃去，不要倒回原瓶，以免沾污标准溶液。随后洗净滴定管，用纯水充满全管。

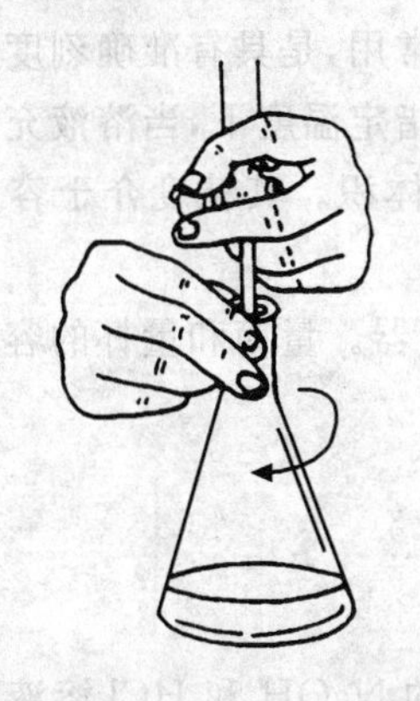

图 9　在锥形瓶中的滴定操作

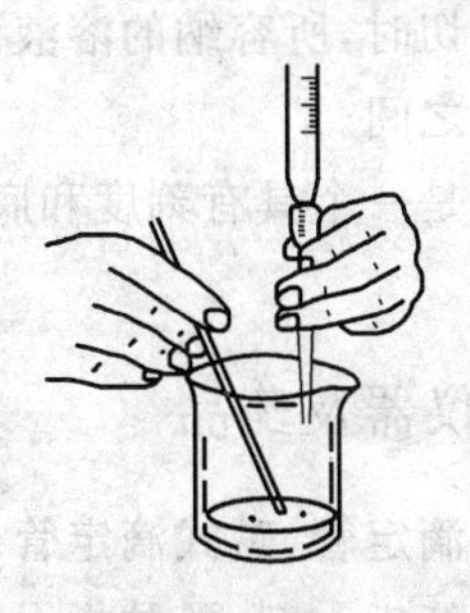

图 10　在烧杯中的滴定操作

进行滴定操作时，应注意以下几点：

(1)每次滴定时都从接近“0”的附近任意刻度开始，这样可以减少体积误差。

(2)滴定时左手不要离开活塞，以免溶液自流。要观察液滴落点周围溶液颜色的变化，不要去看滴定管中液面位置而不顾滴定反应的进行。

(3)滴定速度的控制：开始时，滴定速度可稍快，呈“见滴成线”，约 10 $mL \cdot min^{-1}$，即每秒 3～4 滴。接近终点时，应改为一滴一滴加入，即加一滴摇几下，再加再摇。最后每加半滴摇几下，直至溶液出现明显的颜色变化为止。每次滴定控制在 6～10 min 完成。

(4)摇瓶时，应微动腕关节，使溶液向同一方向旋转，使溶液出现旋涡。不要往前后、上下、左右振动，以免溶液溅出。不要使瓶口碰在滴定管口上，以免损坏。

(5)掌握加入半滴的方法：用酸管时，可轻轻转动活塞，使溶液悬挂在出口管嘴形成半滴后，马上关闭滴定管。用锥形瓶内壁将其沾落，再用洗瓶以少量水吹洗锥形瓶内壁沾落溶液处。但是如果冲洗次数太多，用水量太大，使溶液过分稀释，可能导致终点时变色不敏锐，因此最好用涮壁法：将锥形瓶倾斜，使半滴溶液尽量靠在锥形瓶较低处，然后用瓶中的溶液将附于壁上的半滴溶液涮入瓶中。用碱管时，用食指和拇指推挤出溶液悬挂在管尖后，松开手指，再将液滴沾落，否则易有气泡进入管尖。

(五)量筒和量杯的使用

量筒和量杯是容量精度较低的一种最普通的、实验室最常用的粗测溶液体积的玻璃量器。

量筒分为量出式和量入式两种，其中量出式较常用，是具有准确刻度的具有底座的圆柱形敞口量器。量入式量筒有磨口塞子，在指定温度下，当溶液充至弯月面与标线相切时，所容纳的溶液体积等于瓶上标识的体积。其精度介于容量瓶和量出式量器之间。

量杯是一个具有刻度和底座的倒三角形敞口量器。量筒和量杯的容量精度均不分等级。

四、仪器及药品

酸式滴定管、碱式滴定管、锥形瓶。

甲基红指示剂、酚酞指示剂、约 0.1 mol · L^{-1} 的 NaOH 和 HCl 溶液。

五、实验内容

(一)酸式滴定管的使用

自碱式滴定管中放出 NaOH 约 20 mL 于锥形瓶中，加入 1～2 滴甲基红指示剂，观察其黄色。再用酸式滴定管滴加 HCl 溶液于锥形瓶中，边滴加边摇动，直至加入半滴 HCl 溶液后，溶液由黄色变为橙色。再加入过量 HCl，观察溶液呈现的黄色。如此反复滴加 NaOH 和 HCl 溶液，直至能做到加入半滴 NaOH，溶液由橙色变为黄色，或者再加入半滴 HCl，溶液由黄色变为橙色，能控制加入半滴溶液并观察到终点颜色改变为止。

(二)碱式滴定管的使用

由酸式滴定管放出约 20 mL HCl 溶液，加入 1～2 滴酚酞指示剂，用 NaOH 溶液滴定至溶液由无色变为粉红色，以练习碱式滴定管的操作和终点的判断。

(三)比较滴定

将酸碱标准溶液装入酸式、碱式滴定管中零刻度线以上，排除滴定管下部的气泡，并分别将液面调至 0.00 或以下较近的位置。准确读数，精确到 0.01 mL，并记录，然后以每分钟 10 mL 的流速放出 20～25 mL HCl 溶液于锥形瓶中，等待 2 min，准确读数，读准至 0.01 mL，两次读数相减，即为放出的 HCl 溶液的体积。加 1～2 滴酚酞指示剂于锥形瓶中，用 NaOH 溶液滴定至溶液由无色变为浅粉红色并在 30 s 内不褪色为止。记录 NaOH 溶液体积，平行测定 3 次，每次都必须将酸碱溶液装至滴定管零刻度线，且每次滴定所取 HCl 溶液体积最好有所不同，以免产生误差。

计算 $V(HCl)/V(NaOH)$，相对极差。若极差大于 0.3%，必须重新练习。

六、数据处理

氢氧化钠溶液滴定盐酸溶液

项　目	编　号				
	Ⅰ	Ⅱ	Ⅲ	Ⅳ	Ⅴ
NaOH 终读数					
NaOH 初读数					
$V(NaOH)$/mL					
HCl 终读数					
HCl 初读数					
$V(HCl)$/mL					
$V(HCl)/V(NaOH)$					
$V(HCl)/V(NaOH)$（平均值）					
相对极差					

盐酸溶液滴定氢氧化钠溶液的数据处理表格请自行设计。

思考题

1. 如何检验滴定管已洗净？标准溶液装入滴定管前，为什么需要以标准溶液润洗三次？用于滴定的锥形瓶和烧杯需要用所装溶液润洗吗？为什么？

2. 滴定管读数的起点为什么每次最好调到零刻度附近？

3. 同样的酸碱溶液，用甲基红、酚酞两个不同指示剂进行酸碱比较滴定时，为什么酸碱体积比 $V(HCl)/V(NaOH)$ 往往不相等？

实验三　重量法操作练习

一、实验目的

学习试样溶解、沉淀、过滤、洗涤、干燥和灼烧等重量分析的基本操作。

二、实验原理

重量分析法是分析化学中重要的经典分析方法，通常是用适当方法将被测组分经过一定步骤从试样中离析出来，称量其质量，进而计算出该组分的含量。以不同的分离方法分类，可分为沉淀重量法、气体重量法（挥发法）和电解重量法。最常用的沉淀重量法是将待测组分以难溶化合物从溶液中沉淀出来，沉淀经过陈化、过滤、洗涤、干燥或灼烧后，转化为称量形式称重，最后通过化学计量关系计算得出分析结果。沉淀重量分析法中的沉淀类型主要有两类，一类是晶形沉淀，另一类是无定形沉淀。本实验主要学习掌握晶形沉淀（如 $BaSO_4$）重量分析法的基本操作。

三、实验技术

重量分析法是利用沉淀反应，使被测物质转变成一定的称量形式后测定物质含量的方法。重量分析的基本操作包括试样溶解、沉淀、过滤、洗涤、干燥和灼烧等步骤，任一步骤的操作正确与否，都会影响最后的分析结果，故每一步操作都需认真、正确。分别介绍如下。

（一）试样的溶解

液体试样一般直接量取一定体积置于烧杯中进行分析。固体试样的溶（熔）解可分为水溶、酸溶、碱溶和熔融等方法。根据被测试样的性质，选用不同的溶（熔）解试剂，以确保待测组分全部溶解，且不使待测组分发生氧化还原反应造成损失，加入的试剂应不影响测定；试样的性质不同，所采用的具体溶解操作方法亦不同，可以根据具体情况来选择。

所用的玻璃仪器内壁不能有划痕，以防黏附沉淀物。烧杯大小要适宜，玻璃棒两头应烧圆，长度应高出烧杯 5～7 cm，表面皿的大小应大于烧杯口。试样称于烧杯中，用表面皿盖好。

水溶性试样溶解操作如下：

1. 试样溶解时不产生气体的溶解方法。溶解时，取下表面皿，凸面向上放置，试剂沿下端紧靠杯内壁的玻璃棒慢慢加入或沿杯壁加试剂。加完后，需用玻璃棒搅拌的用玻璃棒搅拌使试样溶解，溶解后将玻璃棒放在烧杯嘴处（此玻璃棒再不能作为它用），将表面皿盖在烧杯上，轻轻摇动，必要时可加热促其溶解，但温度不可太高，以防溶液溅失。

2. 试样溶解时产生气体的溶解方法。称取试样放入烧杯中，先用少量水将试样润湿，表面皿凹面向上盖在烧杯上，用滴管滴加，或沿玻璃棒将试剂自烧杯嘴与表面皿之间的孔隙缓慢加入，以防猛烈产生气体，加完试剂后，用水吹洗表面皿的凸面，流下来的水应沿烧杯内壁流入烧杯中，用洗瓶吹洗烧杯内壁。

试样溶解需加热或蒸发时，应在水浴锅内进行，烧杯上必须盖上表面皿，以防溶液剧烈暴沸或崩溅，加热、蒸发停止时，用洗瓶吹洗表面皿或烧杯内壁。

（二）试样的沉淀

重量分析对沉淀的要求是尽可能地完全和纯净，为了达到这个要求，应该按照沉淀的不同类型选择不同的沉淀条件，如沉淀时溶液的体积、温度、酸度，沉淀剂的浓度、数量、加入顺序、加入速度、搅拌速度、放置时间等等。

沉淀所需试剂溶液的量准确到1%即可，固体试剂可用台秤称取，液体试剂用量筒量取。

沉淀的类型不同，所采用的操作方法也不同。

晶形沉淀的沉淀条件可概括为“五字原则”，即稀、热、慢、搅、陈。

稀：沉淀的溶液配制要适当稀释。

热：沉淀时在热溶液中进行。

慢：沉淀剂的加入速度要慢。

搅：沉淀时要用玻璃棒不断搅拌。

陈：沉淀完全后，要静置一段时间陈化。

为达到上述要求，沉淀操作时，一般左手拿滴管，缓慢滴加沉淀剂，滴管口接近液面，以免溶液溅出。右手持玻璃棒不断搅动溶液，防止沉淀剂局部过浓。搅拌时玻璃棒不要碰烧杯内壁和烧杯底，以免划损烧杯使沉淀附着在划痕处。速度不宜快，以免溶液溅出。加热时应在水浴中或电热板上进行，不得使溶液沸腾，否则会引起飞溅或产生泡沫飞散，造成被测物的损失。

沉淀完后，应检查沉淀是否完全，方法是将沉淀溶液静置一段时间，待沉淀下沉，上层溶液澄清后，于上清液滴加一滴沉淀剂，观察滴落处是否混浊。如混浊，表明沉淀未完全，还需补加沉淀剂，直至再次检查时上清液中不再出现混浊为止；反之，如清亮则沉淀完全。沉淀完全后，盖上表面皿，放置一段时间或在水浴上保温静置 1 h 左右，进行陈化。让沉淀的小晶体生成大晶体，不完整的晶体转化为完整的晶体。

非晶形沉淀的沉淀条件，沉淀时宜用较浓的沉淀剂，加入沉淀剂和搅拌的速度均可快些，沉淀完全后用蒸馏水稀释，不必放置陈化。

(三)沉淀的过滤和洗涤

过滤和洗涤的目的在于将沉淀从母液中分离出来，使其与过量的沉淀剂及其他杂质组分分开，并通过洗涤将沉淀转化成一纯净的单组分。应根据沉淀的性质选择适当的滤器。

对于需要灼烧的沉淀物，常在玻璃漏斗中用滤纸进行过滤和洗涤，不需称量的沉淀或烘干后即可称量或热稳定性差的沉淀，均应在微孔玻璃漏斗(坩埚)内进行过滤。

过滤和洗涤必须一次完成，不能间断。在操作过程中，不得造成沉淀的损失。

1.用滤纸过滤。

(1)滤纸的选择。滤纸分定性滤纸和定量滤纸两种，重量分析中常用定量滤纸进行过滤。定量滤纸灼烧后灰分极少，小于 0.000 1 g 者称“无灰滤纸”，其质量可忽略不计；定量滤纸经灼烧后，若灰分质量大于 0.000 2 g，则需从沉淀物中扣除其质量，一般市售定量滤纸都已注明每张滤纸的灰分质量(表 1)，可供参考。定量滤纸一般为圆形，按直径有 11，9，7 cm 等几种；按滤速可分为快、中、慢速 3 种(表 2)。根据沉淀的性质选择合适的滤纸，如 $BaSO_4$，$CaC_2O_4 \cdot 2H_2O$ 等细晶形沉淀，应选用“慢速”滤纸过滤；$Fe_2O_3 \cdot nH_2O$ 为胶状沉淀，应选用“快速”滤纸过滤；$MgNH_4PO_4$ 等粗晶形沉淀，应选用“中速”滤纸过滤。根据沉淀量的多少，选择滤纸的大小，注意沉淀物完全转入滤纸中后，沉淀物的高度一般不超过滤纸圆锥高度的 1/3 处。

表 1 国产定量滤纸的灰分质量

直径/cm	7	9	11	12.5
灰分/(g·张$^{-1}$)	3.5×10^{-5}	5.5×10^{-5}	8.5×10^{-5}	1.0×10^{-4}

表 2 国产定量滤纸的类型

类型	滤纸盒上色带标志	滤速/($s\cdot dL^{-1}$)	适用范围
快速	白色	60～100	无定形沉淀，如 $Fe(OH)_3$，$Al(OH)_3$，H_2SiO_3
中速	蓝色	100～160	粗晶形沉淀，如 $MgNH_4PO_4$，SiO_2
慢速	红色	160～200	细晶形沉淀，如 $BaSO_4$，$CaC_2O_4\cdot 2H_2O$

(2)漏斗的选择。用于重量分析的漏斗应该是长颈漏斗，颈长为 15～20 cm，漏斗锥体角应为 60°，颈的直径要小些，一般为 3～5 mm，以便在颈内容易保留水柱，出口处磨成 45°角，如图 11 所示。漏斗的大小应与滤纸的大小相对应，使折叠后滤纸的上缘低于漏斗上沿 0.5～1 cm，不能超出漏斗边缘。漏斗在使用前应洗净。

(3)滤纸的折叠。滤纸的折叠如图 12 所示。

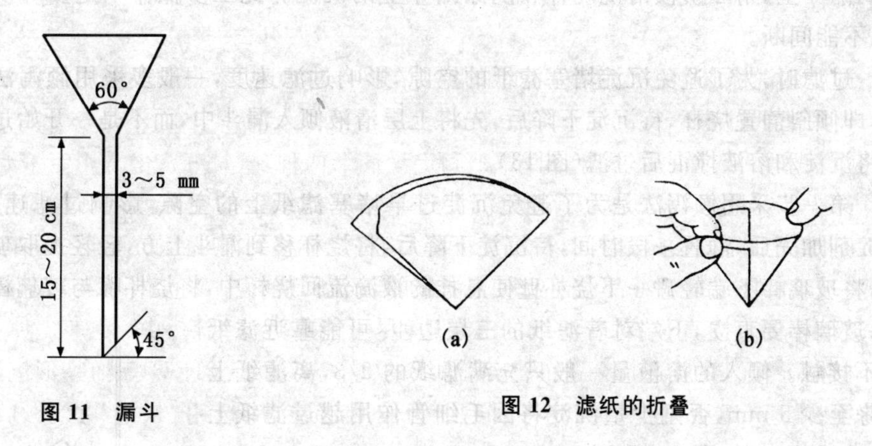

图 11 漏斗　　图 12 滤纸的折叠

滤纸一般按四折法折叠。折叠时，应先将手洗干净，揩干，以免弄脏滤纸。具体方法是先将滤纸整齐地对折，然后再对折，但不要按紧，把折成圆锥形的滤纸放入漏斗中。滤纸的大小应低于漏斗边缘 0.5～1 cm，若高出漏斗边缘，可剪去一圈。观察折好的滤纸是否能与漏斗内壁紧密贴合，若未贴合紧密可以适当改变滤纸折叠角度，直至与漏斗贴紧后把第二次的折边折紧，所得圆锥体的半边为三层，另半边为一层。取出圆锥形滤纸，将半边为三层滤纸的外层折角撕下一块，这样可以使内层滤纸紧密贴在漏斗内壁上。撕下来的那一小块滤纸可用于擦拭烧杯内残留的沉淀，保存于干燥的表面皿上，备用。

(4)做水柱。将折叠好的滤纸放入漏斗中，且三层的一边应放在漏斗出口短的一边,用食指按紧三层的一边,用洗瓶吹入少量水将滤纸润湿,然后轻按滤纸边缘,使滤纸的锥体与漏斗之间没有空隙。按好后,用洗瓶加水至滤纸边缘,这时漏斗颈内应全部被水充满,当漏斗中水全部流尽后,颈内水柱仍能保留且无气泡。由于液体的重力可起抽滤作用,加快过滤速度。

若不能形成完整的水柱,可以用手堵住漏斗下口,稍掀起滤纸三层的一边,用洗瓶向滤纸与漏斗间的空隙里加水,直到漏斗颈和锥体的大部分被水充满,然后按紧滤纸边,放开堵住出口的手指,此时水柱即可形成。最后用去离子水冲洗一次滤纸,将准备好的漏斗放在漏斗架上,下面放一个洁净的烧杯盛接滤液,使漏斗出口长的一边靠近烧杯壁。漏斗位置的高低,以过滤过程中漏斗颈的出口不接触滤液为度。漏斗和烧杯上均盖好表面皿,备用。

(5)倾泻法过滤和初步洗涤。过滤一般分三个阶段进行:第一阶段采用倾泻法把尽可能多的清液先过滤出去,并将烧杯中的沉淀作初步洗涤;第二阶段把沉淀转移到漏斗上;第三阶段清洗烧杯和洗涤漏斗上的沉淀。此三步操作一定要一次完成,不能间断。

过滤时,为了避免沉淀堵塞滤纸的空隙,影响过滤速度,一般多采用倾泻法过滤,即倾斜静置烧杯,待沉淀下降后,先将上层清液倾入漏斗中,而不是一开始过滤就将沉淀和溶液搅混后过滤(图 13)。

第一步采用倾泻法是为了避免沉淀过早堵塞滤纸上的空隙,影响过滤速度。沉淀剂加完后,静置一段时间,待沉淀下降后,将烧杯移到漏斗上方,轻轻提取玻璃棒,将玻璃棒下端轻碰一下烧杯壁使悬挂的液滴流回烧杯中,将烧杯嘴与玻璃棒贴紧,玻璃棒要直立,下端对着滤纸的三层边,尽可能靠近滤纸但不接触。倾入的溶液量一般只充满滤纸的 2/3,离滤纸上边缘至少 5 mm,否则少量沉淀将因毛细管作用越过滤纸上缘,造成损失,如图 13 所示。

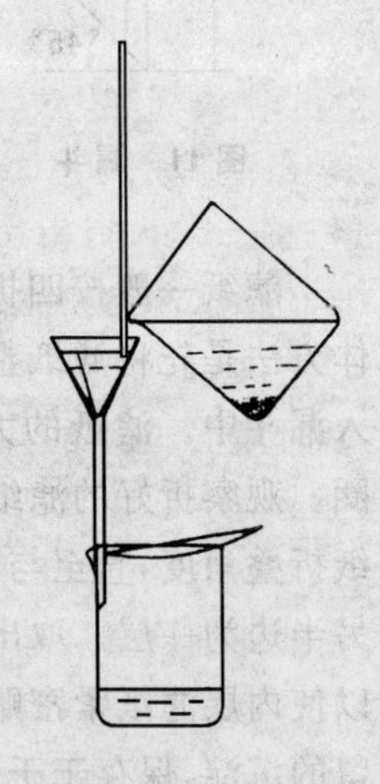
图 13 倾泻法过滤

暂停倾泻溶液时,应沿玻璃棒使烧杯向上提起,逐渐使烧杯直立,以免使烧杯嘴上的液滴流失。等玻璃棒和烧杯由相互垂直变为几乎平行时,将玻璃棒离开烧杯嘴而移入烧杯中。这样才能避免留在棒端及烧杯嘴上的液体流到烧杯外壁上去。玻璃棒放回原烧杯时,勿将清液搅混,也不要靠在烧杯嘴处,因嘴处沾有少量沉淀。当烧杯内的液体较少而不便倾出时,可将玻璃棒稍向左倾斜,使烧杯倾斜角度更大些。倾泻法如一次不能将清液倾注完时,应待烧杯中沉淀下沉后再次倾注。如此重复操作,直至上层清液倾完为止。带沉淀的烧杯放置方法如图 14 所示。

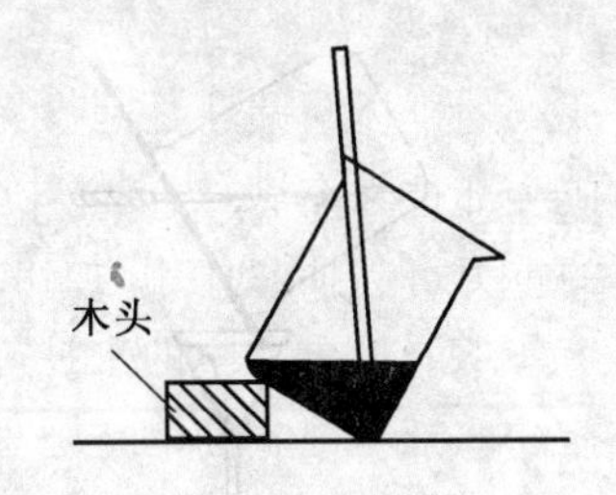

图 14　过滤时带沉淀和溶液的烧杯放置方法

过滤开始后，应随时检查滤液是否透明。如不透明，说明有穿滤现象发生；这时必须换另一洁净烧杯盛接滤液，在原来漏斗上再次过滤有穿滤现象的滤液。如发现滤纸穿孔，则应更换滤纸重新过滤，而第一次用过的滤纸应保留。

在上层清液倾注完了以后，在烧杯中作初步洗涤。选用什么洗涤液洗沉淀，应根据沉淀的类型而定。

①晶形沉淀：可用冷的稀的沉淀剂进行洗涤，由于同离子效应，可以减少沉淀的溶解损失。但是，如沉淀剂为不挥发的物质，就不能用作洗涤液，此时可改用蒸馏水或其他合适的溶液洗涤沉淀。

②无定形沉淀：用热的电解质溶液作洗涤剂，以防止产生胶溶现象，大多采用易挥发的铵盐溶液作洗涤剂。

③对于溶解度较大的沉淀，采用沉淀剂加有机溶剂洗涤沉淀，可降低其溶解度。

洗涤时，沿烧杯壁旋转着加入约 15 mL 洗涤液（或蒸馏水）吹洗烧杯四周内壁，使黏附着的沉淀集中在烧杯底部，待沉淀下沉后，按前述方法，倾出过滤清液。如此重复 3～4 次，每次应尽可能把洗涤液倾倒尽，然后再加入少量洗涤液于烧杯中，搅动沉淀使之均匀，立即将沉淀和洗涤液一起，通过玻璃棒转移至漏斗上。

(6)沉淀的转移。沉淀用倾泻法洗涤后，再加入少量洗涤液于杯中，搅拌均匀，全部倾入漏斗中。如此重复 2～3 次，使大部分沉淀都转移到滤纸上。然后将玻璃棒横架在烧杯口上，下端应在烧杯嘴上，且超出杯嘴 2～3 cm，用左手食指压住玻璃棒上端，大拇指在前，其余手指在后，将烧杯倾斜放在漏斗上方，杯嘴向着漏斗，玻璃棒下端指向滤纸的三边层，用洗瓶或滴管吹洗烧杯内壁，沉淀连同溶液流入漏斗中（图 15）。如有少许沉淀牢牢黏附在烧杯壁上而吹洗不下来，可用前面折叠滤纸时撕下的纸角，以水湿润后，先擦玻璃棒上的沉淀，再用玻璃棒按住纸块沿杯壁自上而下旋转着把沉淀擦“活”，然后用玻璃棒将它拨出，放入该漏斗中心的滤纸上，与主要沉淀合并，用洗瓶吹洗烧杯，把擦“活”的沉淀微粒涮洗入漏斗中。在明亮处仔细检查烧杯内壁、玻璃棒、表面皿是否干净、不黏附沉淀。若仍有一点痕迹，再行擦拭，转移，直到完全为止。有时也可用沉淀帚（图 16）在烧杯内壁自上而下、从左向右擦洗烧杯上的沉淀，然后洗净沉淀帚。沉淀帚一般可自制，剪一段乳胶管，一端套在玻璃棒上，另一端用橡胶胶水黏合，用夹子夹扁晾干即成。

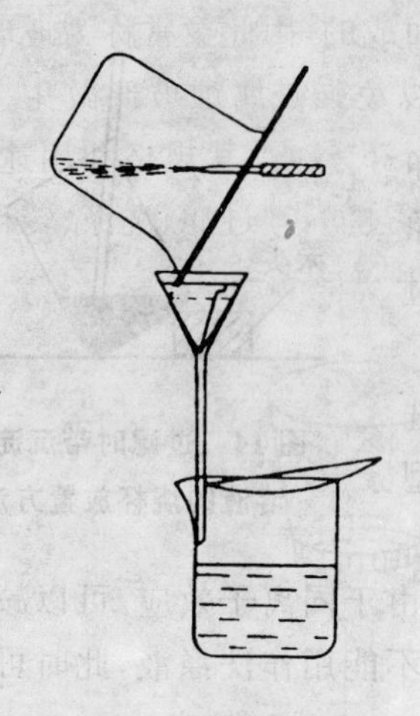

图15　转移沉淀的操作

图16　沉淀帚

(7)洗涤。沉淀全部转移至滤纸上后，接着要进行洗涤，目的是除去吸附在沉淀表面的杂质及残留液。洗涤方法如图 17 所示，将洗瓶在水槽上先吹出洗涤剂，使洗涤剂充满洗瓶的导出管后，再将洗瓶拿在漏斗上方，吹出洗瓶的水流从滤纸的多重边缘开始，螺旋形地往下移动，最后到多重部分停止，这称为“从缝到缝”。这样可使沉淀洗得干净且可将沉淀集中到滤纸的底部，以免沉淀外溅。为了提高洗涤效率，应掌握洗涤方法的要领。洗涤沉淀时要少量多次，即每次螺旋形往下洗涤时，所用洗涤剂的量要少，以便于尽快沥干，沥干后，再行洗涤。如此反复多次，直至沉淀洗净为止。采用“少量多次”的方法洗涤沉淀，可提高洗涤效率。洗涤次数一般都有规定，例如洗涤 8～10 次，或规定洗至流出液无 Cl^- 为止等等。如果要求洗至无 Cl^- 为止，则洗几次以后，用小试管或小表皿接取少量滤液，用硝酸酸化的 $AgNO_3$ 溶液检查滤液中是否还有 Cl^-。若无白色混浊，即可认为已洗涤完毕，否则需进一步洗涤。

图17　在滤纸上洗涤沉淀

过滤和洗涤沉淀的操作，必须不间断地一次完成。若时间间隔过久，沉淀会干涸，黏成一团，就几乎无法洗涤干净了。无论是盛着沉淀还是盛着滤液的烧杯，都应该经常用表面皿盖好。每次过滤完液体后，即应将漏斗盖好，以防落入尘埃。

2. 用微孔玻璃坩埚(漏斗)过滤。不需称量的沉淀或烘干后即可称量或热稳定性差的沉淀，均应在微孔玻璃漏斗(坩埚)内进行过滤。微孔玻璃滤器如图 18 所示，这种滤器的滤板是用玻璃粉末在高温下熔结而成的，因此又常称为玻璃钢砂芯漏斗(坩埚)。此类滤器均不能过滤强碱性溶液，以免强碱腐蚀玻璃微孔。按微孔的孔径由大到小可分为六级，即 $G_1 \sim G_6$(或称 1～6 号)。其规格和用途见表 3。玻璃漏斗(坩埚)必须在抽滤的条件下，采用倾泻法过滤，其过滤、洗涤、转移沉淀等操作均与滤纸过滤法相同。

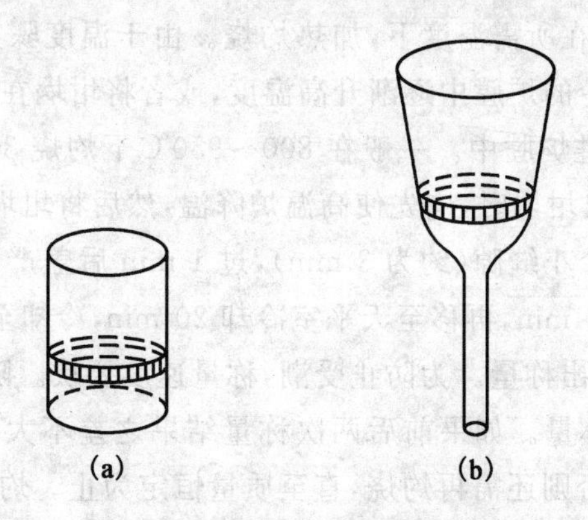

(a)微孔玻璃坩埚　(b)微孔玻璃漏斗

图 18　微孔玻璃滤器

表 3　微孔玻璃漏斗(坩埚)的规格和用途

滤板编号	孔径/μm	用　途	滤板编号	孔径/μm	用　途
G_1	20～30	滤除大沉淀物及胶状沉淀物	G_4	3～4	滤除液体中细的沉淀物或极细沉淀物
G_2	10～15	滤除大沉淀物及气体洗涤	G_5	1.5～2.5	滤除较大杆菌及酵母
G_3	4.5～9	滤除细沉淀及水银过滤	G_6	1.5 以下	滤除 1.4～0.6 μm 的病菌

(四)沉淀的干燥和灼烧

过滤所得沉淀经加热处理，即获得组成恒定的与化学式表示组成完全一致的沉淀。

1. 沉淀的烘干。烘干一般是在 250℃以下进行。凡是用微孔玻璃滤器过滤的沉淀，均可用烘干方法处理。其方法为将微孔玻璃滤器连同沉淀放在表面皿上，置于烘箱中，选择合适温度。第一次烘干时间可稍长(如 2 h)，第二次烘干时间可缩短为 40 min，沉淀烘干后，置于干燥器中冷至室温后称重。如此反复操作几次，直至恒重为止。注意每次操作条件要保持一致。

2.沉淀的干燥和灼烧。灼烧是指高于250℃以上温度进行的处理。它适用于用滤纸过滤的沉淀,沉淀的干燥和灼烧在预先已经洗净并经过两次灼烧至质量恒定的坩埚中进行,因此,在沉淀的干燥和灼烧前,必须预先准备好坩埚。

先将瓷坩埚洗净,小火烤干或烘干,编号(可用含 Fe^{3+} 或 Co^{2+} 的蓝墨水在坩埚外壁上编号),然后在所需温度下,加热灼烧。由于温度骤升或骤降常使坩埚破裂,最好将坩埚放入冷的炉膛中逐渐升高温度,或者将坩埚在已升至较高温度的炉膛口预热一下,再放进炉膛中。一般在800～950℃下灼烧30 min(新坩埚需灼烧1 h)。从高温炉中取出坩埚时,应先使高温炉降温,然后将坩埚移入干燥器中,不可马上盖严,要暂留一个小缝隙(约为3 mm),过1 min后盖严。将干燥器连同坩埚一起在实验室冷却20 min,再移至天平室冷却20 min,冷却至室温(各次灼烧后的冷却时间要一致),取出称量。为防止受潮,称量速度要快。随后进行第二次灼烧,15～20 min,冷却和称量。如果前后两次称量结果之差不大于0.3 mg,即可认为坩埚已达质量恒定,否则还需再灼烧,直至质量恒定为止。灼烧空坩埚的温度必须与以后灼烧沉淀的温度一致。

3.沉淀的包裹。对于胶状沉淀,因体积大,可用扁头玻璃棒将滤纸的三层部分挑起,向中间折叠,将沉淀全部盖住,如图19所示,再用玻璃棒轻轻转动滤纸包,以便擦净漏斗内壁可能粘有的沉淀。然后将滤纸包转移至已恒重的坩埚中。包晶形沉淀可按照图20中的(a)法或(b)法卷成小包将沉淀包好后,用滤纸原来不接触沉淀的那部分,将漏斗内壁轻轻擦一下,擦下可能粘在漏斗上部的沉淀微粒。把滤纸包的三层部分向上放入已恒重的坩埚中,这样可使滤纸较易灰化。

图19　胶状沉淀的包裹

4.沉淀的干燥灰化。沉淀和滤纸的烘干通常在电炉上进行,使它倾斜放置,多层滤纸部分朝上,盖上坩埚盖,稍留一些空隙,置于电炉上进行烘烤。将电炉逐渐移至坩埚底部,稍稍加大火焰,使滤纸炭化。注意火力不能突然加大,如温度升高太快,滤纸会生成整块的炭;如遇滤纸着火,可用坩锅盖盖住,使坩埚内火焰熄灭(切不可用嘴吹灭),火熄灭后,将坩埚盖移至原位,继续加热至全部炭化。炭化后加大火焰,使滤纸灰化。滤纸灰化后应该不再呈黑色。为了使坩埚壁上的炭灰化完全,应该随时用坩埚钳夹住坩埚转动,但注意每次只能转一极小的角度,以免转动过剧时沉淀飞扬。

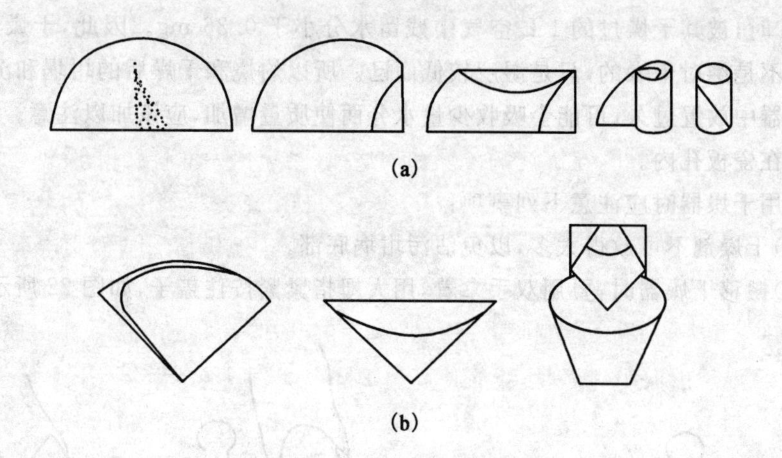

图 20　过滤后滤纸的折叠

沉淀灰化后，将坩埚移入高温炉中（根据沉淀性质调节适当温度），盖上坩埚盖，但要留有空隙，灼烧 40～45 min，其灼烧条件与空坩埚灼烧时相同，取出，冷却至室温，称量，然后进行第二次、第三次灼烧，直至坩埚和沉淀恒重为止，一般第二次以后灼烧 20 min 即可。所谓恒重，是指相邻两次灼烧后的称量差值在 0.2～0.4 mg 之内。

从高温炉中取出坩埚时，先将坩埚移至炉口，至红热稍退后，再将坩埚从炉中取出放在洁净的耐火板上。在夹取坩埚时，坩埚钳应预热。待坩埚冷至红热退去后，再将坩埚转至干燥器中，盖好盖子，随后需开启干燥器盖 1～2 次。在坩埚冷却时，原则是冷至室温，一般需 30 min 左右；但要注意，每次灼烧、称量和放置的时间，都要保持一致。

(五)干燥器的使用方法

干燥器是具有磨口盖子的密闭厚壁玻璃器皿，常用以保存坩埚、称量瓶、试样等物。在它的磨口边缘涂一薄层凡士林，可使其与盖子密合，如图 21 所示。

干燥器底部盛放干燥剂，其上搁置洁净的多孔瓷板。使用干燥器时，首先将干燥器擦干净，烘干多孔瓷板后，将干燥剂通过一纸筒装入干燥器的底部，应避免干燥剂沾污内壁的上部，然后盖上瓷板。干燥剂一般用变色硅胶，此外还可用无水氯化钙等。各种干燥剂吸收水分的能力都是有一定限度的。

例如硅胶，20℃时，被其干燥过的 1 L 空气中残留水分为 0.006 mg；无水氯化钙，25℃时，被其干燥过的 1 L 空气中残留水分小于 0.36 mg。因此，干燥器中的空气并不是绝对干燥的，只是湿度较低而已。所以灼烧和干燥后的坩埚和沉淀，如在干燥器中放置过久，可能会吸收少量水分而使质量增加，应该加以注意。坩埚等即可放在瓷板孔内。

使用干燥器时应注意下列事项：

(1)干燥剂不可放得太多，以免沾污坩埚底部。

(2)搬移干燥器时，要用双手拿着，用大拇指紧紧按住盖子，如图 22 所示。

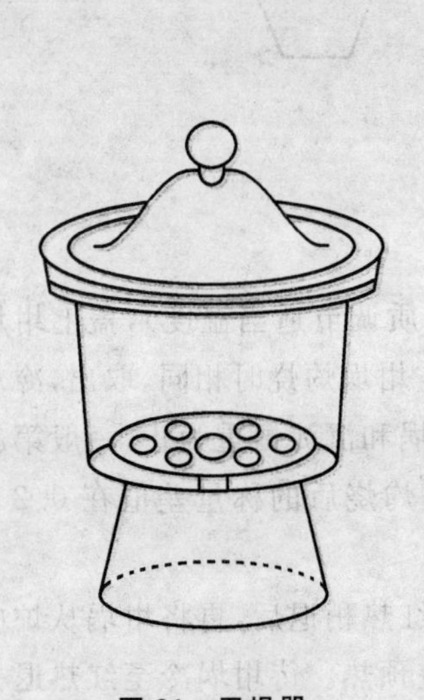

图 21　干燥器

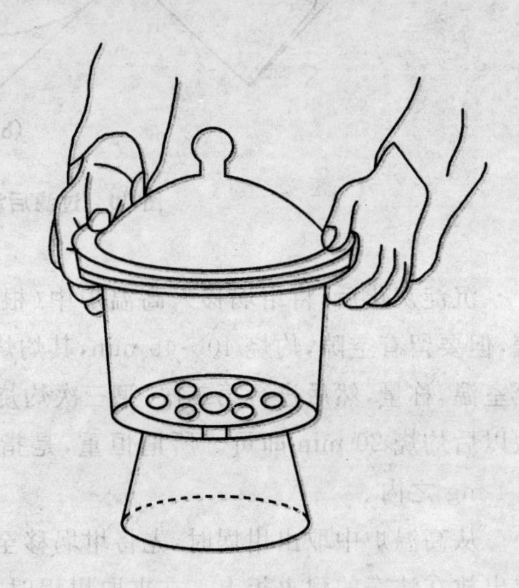

图 22　搬干燥器的动作

(3)打开干燥器时，不能往上掀盖，应用左手按住干燥器，右手小心地把盖子稍微推开，等冷空气徐徐进入后，才能完全推开，盖子必须仰放在桌子上。

(4)不可将太热的物体放入干燥器中。

(5)有时较热的物体放入干燥器中后，空气受热膨胀会把盖子顶起来，为了防止盖子被打翻，应当用手按住，不时把盖子稍微推开(不到 1 s)，以放出热空气。

(6)灼烧或烘干后的坩埚和沉淀，在干燥器内不宜放置过久，否则会因吸收一些水分而使质量略有增加。

(7)变色硅胶干燥时为蓝色(无水 Co^{2+} 色)，受潮后变粉红色(水合 Co^{2+} 色)。可以在 120℃烘受潮的硅胶待其变蓝后反复使用，直至破碎不能用为止。

思考题

1. 溶解试样需要注意哪些事项？
2. 用倾泻法过滤洗涤沉淀有何优点？
3. 沉淀过滤对漏斗和滤纸有何要求？
4. 沉淀干燥与烘干应如何操作？
5. 干燥器的使用需注意哪些事项？

实验四　容量器皿的校准

一、实验目的

(1)了解容量器皿校准的意义。

(2)学习容量器皿校准的方法。

(3)掌握移液管、吸量管、容量瓶的使用方法。

二、实验原理

量器的容积随温度而有变化。例如,在某温度下为 1 L 的量瓶,在其他温度时其容积就会比 1 L 多或少一些。因此,必须对量器温度做统一规定。由于升规定的温度 3.98℃太低,不实用,所以采用实验工作的平均温度,一般用 20℃作为标准温度。我国生产的量器,其容积都是以 20℃为标准温度标定的。例如一个标有 20℃ 1 L 的量瓶,表示在 20℃时,它的容积是 1 L(即真空中 1 kg 的纯水在 3.98℃时所占的体积)。

目前我国生产的量器的准确度(表 4 和表 5)可以满足一般分析工作的要求,无需校正。但是在要求较高的分析工作中,或者长期使用的量器则必须进行校正。

表 4　移液管和刻度吸管的允许偏差　　mL

容量	移液管		刻度吸管	
	一等	二等	一等	二等
1	±0.006	±0.015	±0.01	±0.02
2	±0.006	±0.015	±0.01	±0.02
5	±0.01	±0.03	±0.02	±0.04
10	±0.02	±0.04	±0.03	±0.06
25	±0.04	±0.10	±0.05	±0.10
50	±0.05	±0.12	±0.08	±0.16
100	±0.08	±0.16	±0.10	±0.20

表5　量瓶的允许偏差　mL

等级	容量						
	25	50	100	250	500	1 000	2 000
一等	±0.03	±0.05	±0.10	±0.10	±0.15	±0.30	±0.50
二等	±0.06	±0.10	±0.20	±0.20	±0.30	±0.60	±1.00

量器校正的原理是称量量器中所容纳(或放出)的水重,根据水的密度计算出该量器在20℃时的容积。

由重量换算成体积时,必须考虑3个因素:

(1)水的密度随温度而改变。水在真空中,3.98℃时密度为1 g·cm^{-3},高于或低于此温度时,其密度均小于1 g·cm^{-3}。

(2)温度对玻璃量器胀缩的影响。温度改变时,因玻璃的膨胀和收缩,量器的容积也随之改变。因此,在其他温度校准时,必须以标准温度(20℃)为基础加以校正。但由于玻璃膨胀系数较小(约为0.000 026),因此影响也较小。

(3)空气浮力的影响。校准时,在空气中称量,由于空气浮力,水在空气中称得的重量必小于在真空中的重量,这个减轻的重量应该加以校正。

三、实验技术

(一)移液管和吸量管的使用

移液管是用于准确移取一定体积溶液的量入式玻璃量器,正规名称是"单标线吸量管"。

移液管是中间有膨大部分(称为球部)的玻璃量器,球的上部和下部均为较细窄的管颈,管颈上部刻有标线。在标明的温度下,使溶液的弯月面与标线相切,让溶液按一定的方式自由流出,则流出体积与管上标明的体积相同。常用的移液管有5,10,20,50 mL等规格。

吸量管的全称是"分度吸量管",它是带有分度的量出式量器,用于移取非固定量的溶液。常用的吸量管有1,2,5,10 mL等规格,如图23所示。吸量管吸取溶液的准确度不如移液管高。使用吸量管时须注意,有的吸量管分刻度不是刻到管尖,而是刻到管尖上方1~2 cm处。

此外,近年来有些厂家生产各种不同类型的固定的或可调的定量加液器,其容积为1~5,0.2~1 mL和50~100,20~100,2~20 μL等,适于微量、半微量分析中使用。

1.移液管和吸量管的洗涤。使用前,移液管和吸量管都应洗至整个内壁和其

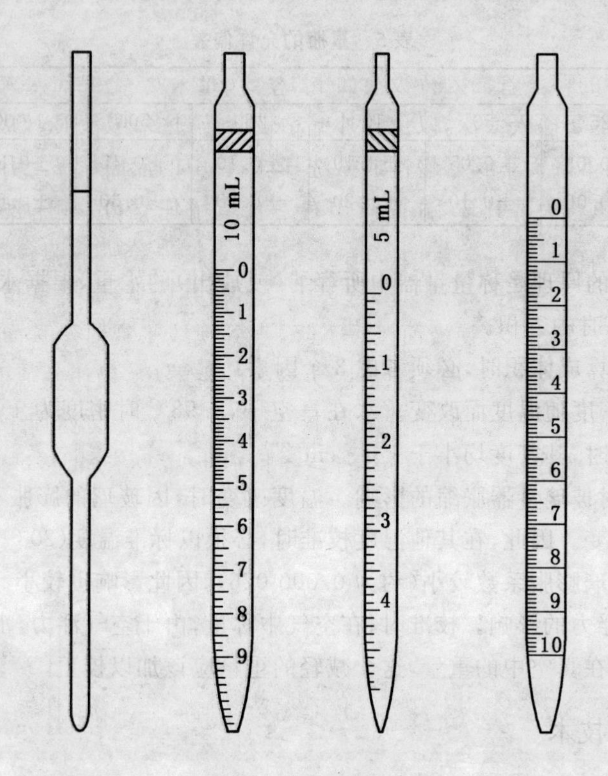

图 23　移液管和吸量管

下部的外壁不挂水珠。为此，可先用自来水冲洗一次，如挂水珠，再用铬酸洗液洗涤。洗涤时，用左手持洗耳球，用右手的拇指和中指执移液管或吸量管标线以上的部分，无名指和小指辅助拿住移液管。将洗耳球对准移液管口，管尖贴在吸水纸上，用洗耳球压气，吹去管尖残留的水。然后排出洗耳球中空气，将移液管尖插入洗液瓶中，将已排出空气的洗耳球尖头紧紧插入移液管上口，松开洗耳球吸取洗液至移液管球部或吸量管的 1/4 处，移开洗耳球的同时用右手的食指迅速堵住管口，把管横过来，左手扶住管的下端无洗液部分，松开右手食指，一边转动移液管，一边使管口降低，让洗液布满全管。从管下口将洗液放回原瓶。等数分钟后，用自来水充分冲洗。再用洗耳球如上操作吸取纯水将整个管的内壁淋洗 3 次，待用。

2. 操作方法。移取溶液前，移液管和吸量管必须先用待测液淋洗。方法是：先用吸水纸将管尖端内外壁残留的水吸净，再按前述洗涤操作，将待测液吸至移液管球部或吸量管的 1/4 处（注意，勿使溶液回流，以免稀释），平置，使溶液布满全管内壁，当溶液流至距上口 2～3 cm 时，将管直立，使溶液由尖嘴放出，弃去。反复洗

3 次。

经淋洗后的移液管插入待吸液面下 1～2 cm 深处(不要插入太浅,以免液面下降时吸空;也不要插入太深,以免内外壁粘带溶液过多;吸液时,如图 24 所示,应使管尖随液面的下降而下移),慢慢放松洗耳球,管中的液面徐徐上升,当液面升至标线以上时,迅速移去洗耳球,并同时用右手食指堵住管口,将移液管上提,离开液面,用吸水纸擦去管外部粘带的溶液。然后左手持盛待吸液的容器或一洁净的小烧杯,并倾斜 30°左右,将移液管的管尖出口紧贴其内壁,右手食指微微松动,用拇指及中指轻轻捻转管身,使液面缓缓下降,直到视线平视时弯月面与标线相切,立即用食指按紧。将移液管移入准备接受溶液的容器中,仍使其流液口紧贴倾斜的器壁,松开食指,使溶液自由的沿壁流下,如图 25 所示。待液面下降到管尖后,等待 15 s,移出移液管。管尖的存留溶液,除特别注明"吹"字的移液管外,不能吹去,因生产检定移液管体积时,这部分溶液不包括在内。

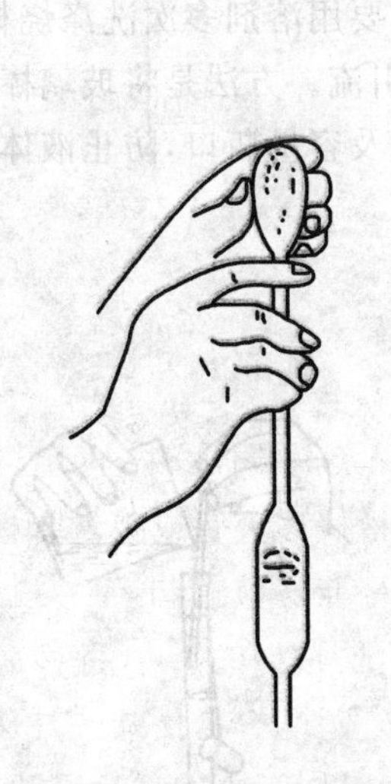

图 24　吸取溶液的操作

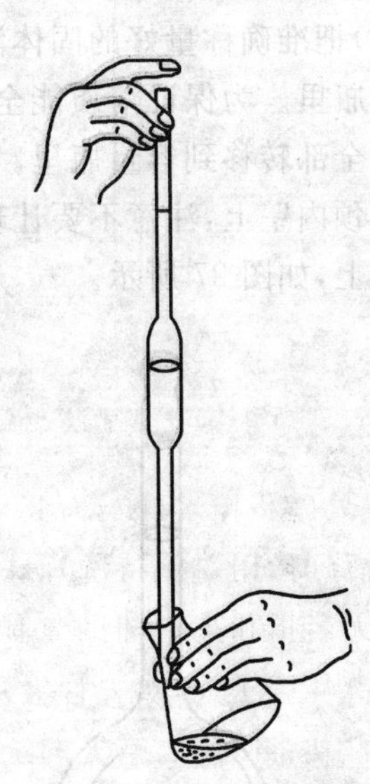

图 25　放出溶液的操作

用吸量管吸取溶液时,大体与上述操作相同。应注意每次吸取溶液,液面都应调到最高刻线,然后小心放出所需体积的溶液。吸量管上如标有"吹"字,尤其是 1 mL 以下的吸量管,使用时更要注意。有些吸量管刻度离管尖尚差 1～2 cm,放出溶液时也应注意。实验过程中要使用同一支移液管或吸量管,以免带来误差。

移液管和吸量管用完应放在移液管架上,不要随便放在实验台上,尤其要防止管径下端被污染。实验完毕,应将它用自来水、纯水分别冲洗干净,保存。

(二)容量瓶的使用

容量瓶(图 26)主要用于准确地配制一定摩尔浓度的溶液。它是一种细长颈、梨形的平底玻璃瓶,配有磨口塞。瓶颈上刻有标线,当瓶内液体在所指定温度下达到标线处时,其体积即为瓶上所注明的容积。一种规格的容量瓶只能量取一个量。常用的容量瓶有 100,250,500 mL 等多种规格。

1. 使用容量瓶配制溶液的方法。

(1)使用前检查瓶塞处是否漏水。具体操作方法是:在容量瓶内装入半瓶水,塞紧瓶塞,用右手食指顶住瓶塞,另一只手五指托住容量瓶底,将其倒立(瓶口朝下),观察容量瓶是否漏水。若不漏水,将瓶正立且将瓶塞旋转 180°后,再次倒立,检查是否漏水。若两次操作容量瓶瓶塞周围皆无水漏出,即表明容量瓶不漏水。经检查不漏水的容量瓶才能使用。

(2)把准确称量好的固体溶质放在烧杯中,用少量溶剂溶解。然后把溶液转移到容量瓶里。为保证溶质能全部转移到容量瓶中,要用溶剂多次洗涤烧杯,并把洗涤溶液全部转移到容量瓶里。转移时要用玻璃棒引流。方法是将玻璃棒一端靠在容量瓶颈内壁上,注意不要让玻璃棒的其他部位触及容量瓶口,防止液体流到容量瓶外壁上,如图 27 所示。

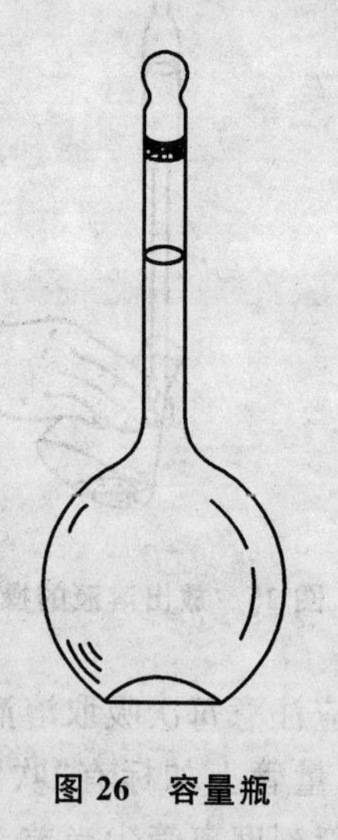

图 26 容量瓶

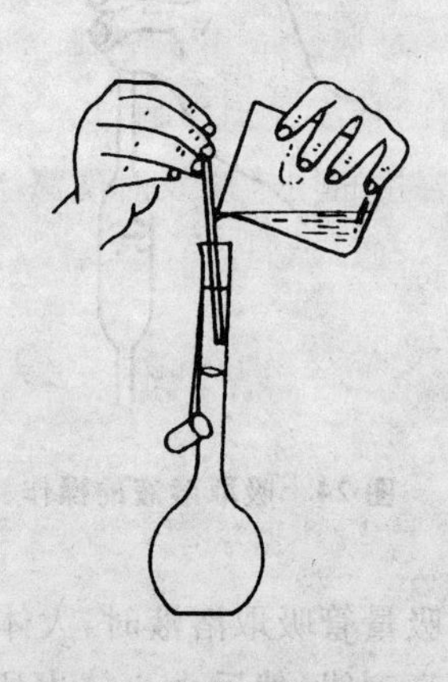

图 27 转移溶液的操作

(3)向容量瓶内加入的液体液面离标线 1 cm 左右时,应改用滴管小心滴加,最后使液体的弯月面与标线正好相切。若加水超过刻度线,则需重新配制。

(4)盖紧瓶塞,用倒转和摇动的方法使瓶内的液体混合均匀(图 28)。静置后如果发现液面低于刻度线,这是因为容量瓶内极少量溶液在瓶颈处润湿而损耗,所以并不影响所配制溶液的浓度,故不需要在瓶内添水,否则,将使所配制的溶液浓度降低。

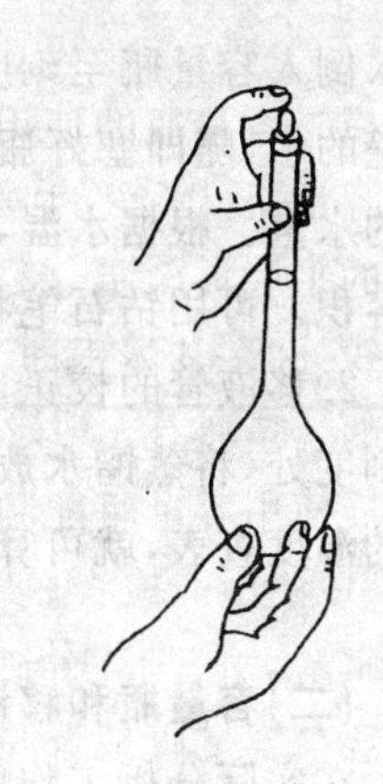

图 28　检查漏水和混匀溶液的操作

2.使用容量瓶时的注意事项。

(1)容量瓶的容积是特定的,刻度不连续,所以一种型号的容量瓶只能配制同一体积的溶液。在配制溶液前,先要弄清楚需要配制的溶液的体积,然后再选用相同规格的容量瓶。

(2)易溶解且不发热的物质可直接用漏斗倒入容量瓶中溶解,其他物质基本不能在容量瓶里进行溶质的溶解,应将溶质在烧杯中溶解后转移到容量瓶里。

(3)用于洗涤烧杯的溶剂总量不能超过容量瓶的标线。

(4)容量瓶不能进行加热。如果溶质在溶解过程中放热,要待溶液冷却后再进行转移,因为一般的容量瓶是在 20℃ 的温度下标定的,若将温度较高或较低的溶液注入容量瓶,容量瓶会热胀冷缩,所量体积就会不准确,导致所配制的溶液浓度不准确。

(5)容量瓶只能用于配制溶液,不能储存溶液,因为溶液可能会腐蚀瓶体,从而使容量瓶的精度受到影响。

(6)容量瓶用毕应及时洗涤干净,塞上瓶塞,并在塞子与瓶口之间夹一条纸条,防止瓶塞与瓶口粘连。

四、仪器及药品

25,2 mL 移液管;150 mL 具塞锥形瓶;250 mL 容量瓶;100 mL 烧杯;万分之一电子天平;滤纸片;记号笔。

蒸馏水。

五、实验内容

(一)容量瓶和移液管的校正

1.容量瓶的校正。用最大负载为 2 000 g 的天平称取洁净而干燥的容量瓶重量(250 mL 容量瓶称准至 0.01 g,1 L 容量瓶称准至 0.05 g)。将与室温平衡的蒸馏水倒入容量瓶至刻度(水面弯月面下缘恰与瓶颈刻度相切),用滤纸片吸干瓶颈内壁的水,随即塞好瓶塞,仔细将瓶外擦干,然后再称量。两次重量之差即为盛容量的水重。根据水温,从表中查出 1 L 的水重(即水的密度),就可以求出该容量瓶的容积。可用钻石笔将校正的容积刻在瓶壁上,供以后使用。

2. 移液管的校正。先称量一个具玻塞小三角瓶重,然后用移液管吸取蒸馏水至刻度处,将蒸馏水放入三角瓶中,再称量。两次重量之差即为放出的水重。根据水的温度查表,就可算出移液管的容量。

(二)容量瓶和移液管的相互校正

在实际分析工作中,容量瓶常和移液管配合使用。例如,经常将一定量的物质,在容量瓶中定容后,用移液管取出一部分进行定量分析。因此,重要的是要知道它们的相对关系是否符合。例如,用 25 mL 移液管从 250 mL 容量瓶中吸取的溶液是否准确地是总量的 1/10。校正方法如下:

取 25 mL 移液管,吸取蒸馏水,注入干燥的 250 mL 容量瓶中,如此进行 10 次后,观察水面是否与原刻度吻合,如果不符合,可按前法另做一标记,使用时即以此标记为刻度。

六、实验结果与讨论

(一)移液管的校正

水温________℃;水密度__________;三角瓶重________g

移液管读数	读数容量/mL	瓶与水重/g	水重/g	真正容量/mL	校正值/mL	总校正值/mL

移液管:________ mL,为________等。

(二)容量瓶的校正

水温________℃;水密度__________;容量瓶重_________ g

容量瓶读数	读数容量/mL	瓶与水重/g	水重/g	真正容量/mL	校正值/mL

容量瓶:________ mL,为________等。

思考题

容量器皿校准的意义是什么?

实验五　NaOH 溶液和 HCl 溶液的配制与标定

一、实验目的

(1)练习滴定操作，初步掌握准确地确定终点的方法。

(2)练习酸碱标准溶液的配制。

(3)熟悉甲基红和酚酞指示剂的使用和终点的变化。初步掌握酸碱指示剂的选择方法。

二、实验原理

间接法配制的酸碱溶液的浓度是近似的，还必须经过标定来确定它们的准确浓度。经常用来标定 HCl 的基准物质有无水碳酸钠(Na_2CO_3)和硼砂($Na_2B_4O_7 \cdot 10H_2O$)。由于硼砂的摩尔质量较大，吸湿性小，易于制得纯品，所以更为常用。硼砂含有结晶水，当空气中的相对湿度小于 39%时，有明显的风化失水现象，所以使用前应在水中重结晶 1 次(温度要低于 55℃，以防生成 $Na_2B_4O_7 \cdot 5H_2O$)，滤出的结晶放在装有蔗糖和食盐饱和水溶液的干燥器中(相对湿度为 60%)，干燥至恒重并保存。碳酸钠容易制得纯品，价格便宜，用无水碳酸钠标定 HCl 也能得到准确的结果，但碳酸钠有强烈的吸湿性，因此用前必须在 270～300℃加热约 1 h，然后放在干燥器中冷却备用。也可用分析纯 $NaHCO_3$ 在 270～300℃加热焙烤 1 h，使之转化为 Na_2CO_3：

$$2NaHCO_3 = Na_2CO_3 + CO_2\uparrow + H_2O$$

加热时温度不应超过 300℃，否则有部分 Na_2CO_3 分解为 Na_2O。

常用来标定 NaOH 的基准物质有草酸($H_2C_2O_4 \cdot 2H_2O$)和邻苯二甲酸氢钾($KHC_8H_4O_4$)。邻苯二甲酸氢钾易得到纯品，在空气中不吸水，容易保存，它与 NaOH 反应时，计量比为 1∶1，摩尔质量也较大，是标定 NaOH 溶液的较好的基准物质。

三、实验技术

参见第一部分实验二滴定管的准备、使用及滴定基本操作。

四、仪器及药品

台秤、量筒、洗瓶、锥形瓶、酸式和碱式滴定管。

浓盐酸，固体NaOH，甲基红指示剂，酚酞指示剂，硼砂($Na_2B_4O_7 \cdot 10H_2O$)，邻苯二甲酸氢钾($KHC_8H_4O_4$)。

五、实验内容

1. $c(HCl) \approx 0.1\ mol \cdot L^{-1}$的盐酸标准溶液的配制。用干净的量筒量取浓盐酸(请根据浓盐酸相对密度1.19，$w(HCl)=37\%$，约$12\ mol \cdot L^{-1}$，计算所需量)，倒入1 L的细口试剂瓶中，加水稀释至1 L，盖好瓶塞，充分摇匀。

2. $c(NaOH) \approx 0.1\ mol \cdot L^{-1}$的氢氧化钠标准溶液的配制。在台秤上迅速称取固体NaOH试剂(请根据氢氧化钠摩尔质量$M(NaOH) = 40\ g \cdot mol^{-1}$，计算所需量)于100 mL的烧杯中，加约30 mL的水溶解，转移至1 L的具橡皮塞的塑料试剂瓶中，充分摇匀。

3. 上述溶液配好后，贴上标签，写上试剂名称、日期、专业、姓名，保存备用。

4. $c(HCl) \approx 0.1\ mol \cdot L^{-1}$的盐酸溶液的标定。准确称取硼砂3份(请自行计算称量范围)，分别置于已编号的锥形瓶中，各加约30 mL水使之溶解(必要时可微热之)，加甲基红指示剂2滴，以配好的盐酸溶液滴定至溶液由黄色至橙色。准确记录HCl溶液的体积，计算HCl溶液的浓度。平行测定结果的相对极差不得大于0.3%。

5. $c(NaOH) \approx 0.1\ mol \cdot L^{-1}$的氢氧化钠溶液的标定。准确称取邻苯二甲酸氢钾3份(请自行计算称量范围)，分别置于已编号的锥形瓶中，各加约30 mL蒸馏水溶解(稍加热)。加1～2滴酚酞指示剂，用$0.1\ mol \cdot L^{-1}$的氢氧化钠溶液滴定至溶液呈粉红色并在30 s内不褪色为止，计算NaOH标准溶液的浓度，平行测定结果的相对极差不得大于0.3%。

六、数据处理

(一)计算公式

$$c(HCl)=\frac{2m(Na_2B_4O_7 \cdot 10H_2O)}{M(Na_2B_4O_7 \cdot 10H_2O) \cdot V(HCl)}$$

$$c(NaOH)=\frac{m(KHC_8H_4O_4)}{M(KHC_8H_4O_4) \cdot V(NaOH)}$$

(二)数据处理表格

盐酸溶液的标定

项 目	编 号		
	Ⅰ	Ⅱ	Ⅲ
硼砂质量/g			
HCl终读数			
HCl初读数			
$V(HCl)/mL$			
$c(HCl)/(mol\cdot L^{-1})$			
$c(HCl)/(mol\cdot L^{-1})$(平均值)			
相对极差			

氢氧化钠溶液的标定数据处理表格请自行设计。

思考题

1. 为什么不能用直接配制法配制 NaOH 标准溶液?

2. 配制 HCl 溶液及 NaOH 溶液所用的水的体积是否需要准确量度?为什么?

3. 装 NaOH 溶液的瓶或滴定管不宜用玻塞,为什么?

实验六　$KMnO_4$ 溶液的配制与标定

一、实验目的

(1)掌握高锰酸钾标准溶液的配制和标定方法。

(2)了解氧化还原滴定中控制反应条件的重要性。

二、实验原理

在氧化还原滴定法中，高锰酸钾是最常用的氧化剂之一。但市售试剂中常含有 MnO_2 和其他杂质，而本身又有强氧化性，易和水中的有机物及空气中的尘埃等还原性物质作用，还能自行分解，见光分解得更快，因此，$KMnO_4$ 溶液的浓度容易改变，不能用直接法配制其标准溶液，而宜用间接配制法先进行粗配，再用基准物质进行标定。$Na_2C_2O_4$ 和 $H_2C_2O_4 \cdot 2H_2O$ 是常用来标定 $KMnO_4$ 溶液的基准物，$Na_2C_2O_4$ 由于不含结晶水，容易精制，故较为常用。

标定反应如下：

$$2MnO_4^- + 5C_2O_4^{2-} + 16H^+ = 2Mn^{2+} + 10CO_2\uparrow + 8H_2O$$

三、实验技术

为配制较稳定的 $KMnO_4$ 标准溶液，可称取比理论量稍多的 $KMnO_4$，溶于一定体积的水中，加热煮沸，冷却后贮存于棕色瓶中，在暗处放置 7 d 左右，待 $KMnO_4$ 将还原性物质(溶液中)充分氧化后，过滤除去析出的 MnO_2 沉淀，再进行标定。若长期放置，使用前须重新标定其浓度。

高锰酸钾氧化还原滴定中反应条件的控制：

(1)反应要在酸性条件下进行，因为酸性条件下 $KMnO_4$ 的氧化能力较强。

(2)控制一定的温度范围：75～85℃，不应低于 60℃，否则反应速度太慢。但温度过高，草酸又将分解。

(3)用 Mn^{2+} 作催化剂。滴定开始，反应很慢，$KMnO_4$ 溶液必须逐滴加入，如滴加过快，则部分 $KMnO_4$ 在热溶液中分解：

$$4KMnO_4+2H_2SO_4=4MnO_2+2K_2SO_4+2H_2O+3O_2\uparrow$$

而造成误差。反应中生成 Mn^{2+},使反应速度逐渐加快——自催化作用。

由于 $KMnO_4$ 溶液本身具有特殊的紫红色,滴定时,$KMnO_4$ 溶液稍过量即可被察觉,所以不需另加指示剂。

(4) 注意事项。

①$KMnO_4$ 溶液应装在酸式滴定管中。由于 $KMnO_4$ 溶液颜色很深,不易观察溶液的凹液面的最低点,因此常从液面最高边缘处读数。

②适宜的反应温度 75～85℃。不能用温度计去测溶液温度,否则产生误差,而应根据经验:加热至瓶口开始冒气,手触瓶壁感觉烫手,瓶颈可以用手握住时即可。

四、仪器及药品

酸式滴定管,棕色试剂瓶,洗瓶,量筒(100 mL),锥形瓶,台秤,分析天平,电炉,烧杯(400 mL)。

H_2SO_4(3 mol·L^{-1}),$KMnO_4$(s),$Na_2C_2O_4$(s)。

五、实验内容

(一)0.02 mol·L^{-1} $KMnO_4$ 标准溶液的配制

用台秤称取 1.5 g $KMnO_4$ 固体置于 500 mL 烧杯中,加入 400 mL 水,盖上表面皿,加热至微沸保持 15 min 左右,并随时补充因蒸发而失去的水。冷却后,置于暗处。7～10 d 后,用玻璃砂芯漏斗过滤除去 MnO_2 等杂质,滤液置于洁净的棕色试剂瓶中,摇匀,放于暗处,待标定。

(二)$KMnO_4$ 标准溶液的标定

在分析天平上准确称取已烘干的 $Na_2C_2O_4$ 固体 0.16～0.20 g 3 份,分别放入已编号的锥形瓶中。各加约 30 mL 去离子水使之溶解,再加 10 mL 3 mol·L^{-1} H_2SO_4,加热到 75～85℃,趁热用 $KMnO_4$ 标准溶液滴定,滴入第一滴后,摇动,待无色后再滴第二滴,逐渐加快,近终点时应逐滴或半滴加入,至溶液粉红色在30 s 内不褪色,即为终点(＞60℃),记下此时 $KMnO_4$ 的体积。平行标定 3 次,根据 $m(Na_2C_2O_4)$ 和消耗 $KMnO_4$ 的体积 $V(KMnO_4)$,求出 $c(KMnO_4)$。

要求 3 次平行标定结果的相对极差不大于 0.3%。

思考题

1. 配制 $KMnO_4$ 溶液时，为什么要煮沸一定时间和放置数天？过滤 $KMnO_4$ 溶液时，是否可以用滤纸？

2. 在标定 $KMnO_4$ 溶液时，H_2SO_4 加入量的多少对标定有何影响？能否用 HCl 或 HNO_3 来代替 H_2SO_4？

3. 在标定 $KMnO_4$ 溶液浓度时，为什么要控制温度在 75～85℃才能滴定？温度过低或过高对滴定各有什么影响？

4. 在标定 $KMnO_4$ 溶液时，若滴定速度过快，对结果有何影响？有何现象出现？

5. 装 $KMnO_4$ 溶液的烧杯放置过久，杯壁有棕色沉淀物，不易洗净，应怎样洗涤？

第二部分

定量分析基础实验

实验一　$BaSO_4$ 重量法

一、实验目的

(1)了解 $BaSO_4$ 重量法测定 Ba^{2+} 的含量及测定 SO_4^{2-} 的含量的原理和方法。

(2)掌握晶形沉淀的制备、过滤、洗涤、灼烧及恒重的基本操作技术。

二、实验原理

$BaSO_4$ 重量法既可用于测定 Ba^{2+} 的含量,也可用于测定 SO_4^{2-} 的含量。

Ba^{2+} 可生成一系列微溶化合物,如 $BaCO_3$,BaC_2O_4,$BaCrO_4$,$BaHPO_4$,$BaSO_4$ 等,其中以 $BaSO_4$ 溶解度最小,100 mL 溶液中,100℃时溶解 0.4 mg,25℃时仅溶解 0.25 mg。当过量沉淀剂存在时,溶解度大为减小,一般可以忽略不计。

硫酸钡重量法一般在浓度为 0.05 $mol \cdot L^{-1}$ 左右的盐酸介质中进行沉淀,这是为了防止产生 $BaCO_3$,$BaHPO_4$,$BaHAsO_4$ 沉淀以及防止生成 $Ba(OH)_2$ 共沉淀。同时,适当提高酸度,增加 $BaSO_4$ 在沉淀过程中的溶解度,以降低其相对过饱和度,有利于获得较好的晶形沉淀。

用 $BaSO_4$ 重量法测定 Ba^{2+} 时,一般用稀 H_2SO_4 作沉淀剂。为了使 $BaSO_4$ 沉淀完全,H_2SO_4 必须过量。由于 H_2SO_4 在高温下可挥发除去,故沉淀带下的 H_2SO_4 不会引起误差。沉淀剂可过量 50%～100%。选用稀 H_2SO_4 为洗涤剂可以减少 $BaSO_4$ 的溶解损失。如果用 $BaSO_4$ 重量法测定 SO_4^{2-} 时,沉淀剂 $BaCl_2$ 只允许过量 20%～30%,因为 $BaCl_2$ 灼烧时不易挥发除去。

$PbSO_4$,$SrSO_4$ 的溶解度均较小,Pb^{2+},Sr^{2+} 对 Ba^{2+} 的测定有干扰。NO_3^-,ClO_3^-,Cl^- 等阴离子和 K^+,Na^+,Ca^{2+},Fe^{3+} 等阳离子均可以引起共沉淀现象,故应严格控制沉淀条件,减少共沉淀现象,以获得纯净的 $BaSO_4$ 晶形沉淀。

三、实验技术

参见第一部分实验三。

四、重量法测定 $BaCl_2$ 的质量分数

(一)仪器及药品

瓷坩埚(25 mL,2 个),定量滤纸(慢速),玻璃漏斗(2 个)。

H_2SO_4(1 mol·L^{-1}),HCl(2 mol·L^{-1}),$AgNO_3$(0.1 mol·L^{-1}),$BaCl_2$·$2H_2O$。

(二)实验内容

1.瓷坩埚的准备。参见第一部分实验三。

2.沉淀的制备。准确称取两份 0.4~0.6 g $BaCl_2$·$2H_2O$ 试样,分别置于 250 mL烧杯中,各加入约 70 mL 水,2 mL 2 mol·L^{-1} HCl 溶液,搅拌溶解,盖上表面皿,在电炉上加热至 80℃以上。另取 4 mL 1 mol·L^{-1} H_2SO_4 两份于两个 100 mL 烧杯中,加水至 50 mL,加热至近沸,趁热将两份 H_2SO_4 溶液分别用小滴管逐滴地加入到两份热的钡盐溶液中,并用玻璃棒不断搅拌,直至两份 H_2SO_4 溶液加完为止(留一点,用于检验是否沉淀完全)。待 $BaSO_4$ 沉淀下沉后,于上层清液中加入 2 滴 H_2SO_4 溶液,仔细观察沉淀是否完全。若清液混浊,应补加一些沉淀剂。沉淀完全后,盖上表面皿(切勿将玻璃棒拿出杯外),将沉淀放在微沸(98℃)的水浴上,保温 1 h 陈化,其间应搅动几次。

3.配制稀 H_2SO_4 洗涤液。取 1 mL 1 mol·L^{-1} H_2SO_4 加水至 100 mL 配成。

4.过滤和洗涤。将沉淀从水浴中取出,自然冷却后用慢速定量滤纸以倾泻法过滤。滤去上清液后,用稀 H_2SO_4 洗涤沉淀 3 次,每次约 15 mL。然后将沉淀定量转移到滤纸上,再用滤纸角擦"活"黏附在玻璃棒和烧杯壁上的细微沉淀,而后反复用洗瓶冲洗烧杯壁和玻璃棒,直至转移完全。最后用水淋洗滤纸和沉淀数次,直至洗涤液中不含 Cl^- 为止(检查方法:用表面皿接几滴滤液,加入 2 滴 $AgNO_3$,若无白色混浊产生,表示 Cl^- 已洗净)。

5.灼烧和恒重。将滤纸取出并包好,置于已恒重的瓷坩埚中,放到电炉上,经小火烘干、中火炭化、大火灰化后,放进(800±20)℃(灼烧温度不能太高,如超过 950℃,可能有部分 $BaSO_4$ 分解:$BaSO_4 = BaO + SO_3\uparrow$)的马弗炉中灼烧 1 h,冷却、称量,再灼烧 30 min 后,冷却、称量,直至恒重。灼烧及冷却的条件要与空坩埚恒重时相同。计算两份固体试样中 $BaCl_2$·$2H_2O$ 的质量分数。

五、重量法测定 Na_2SO_4 中硫的质量分数

(一)仪器及药品

瓷坩埚(25 mL,2 个),定量滤纸(慢速),玻璃漏斗(2 个)。

H_2SO_4(1 mol·L^{-1}),HCl(2 mol·L^{-1}),$AgNO_3$(0.1 mol·L^{-1}),Na_2SO_4。

(二)实验内容

1.称样及沉淀的制备:准确称取在 100～120℃干燥过的试样(无水 Na_2SO_4)0.2～0.3 g,置于 400 mL 烧杯中,用 25 mL 水溶解,加入 2 mol·L^{-1} HCl 溶液 5 mL,用水稀释至约 200 mL。将溶液加热至沸,在不断搅拌下逐滴加入 5～6 mL 100 g·L^{-1}热 $BaCl_2$ 溶液(预先稀释约 1 倍并加热),静置 1～2 min 让沉淀沉降,然后在上清液中加 1～2 滴 $BaCl_2$ 检查沉淀是否完全。此时若无沉淀或混浊产生,表示沉淀已完全。然后将溶液微沸 10 min,在约 90℃保温陈化约 1 h。

2.过滤与洗涤:陈化后的沉淀和上清液冷却至室温,用定量滤纸倾泻法过滤。用热蒸馏水洗涤沉淀至洗液无 Cl^- 为止。

3.空坩埚恒重:将两个洁净的瓷坩埚放在(800±20)℃马弗炉中灼烧至恒重。第一次灼烧 40 min,第二次及以后每次灼烧 20 min。

4.沉淀的灼烧和恒重:将沉淀和滤纸移入已在 800～850℃灼烧至恒重的瓷坩埚中,烘干、灰化后,在 800～850℃灼烧至恒重。根据所得 $BaSO_4$ 质量,计算试样中硫(SO_3)的质量分数。

思考题

1.为什么要在热的稀 HCl 溶液中且不断搅拌条件下逐滴加入沉淀剂沉淀 $BaSO_4$? HCl 加入太多有何影响?

2.为什么要在热溶液中沉淀 $BaSO_4$,但要在冷却后过滤?晶形沉淀为何要陈化?

3.什么叫倾泻法过滤?洗涤沉淀时,为什么洗涤液或水都要少量多次?

4.什么叫灼烧至恒重?

5.本实验中根据什么称取 0.4～0.6 g $BaCl_2·2H_2O$ 试样?称样过多或过少有什么影响?

实验二　食醋总酸量测定

一、实验目的

(1)了解强碱滴定弱酸时指示剂的选择方法。

(2)掌握移液管的正确使用方法。

二、实验原理

食醋的主要成分是醋酸，此外还有其他弱酸，如乳酸等。用 NaOH 滴定时，醋酸和其他弱酸($K_a > 10^{-7}$)一起中和，因此测出的是总酸量，计算结果以含量最多的醋酸来表示。用 NaOH 滴定时反应为：

$$NaOH + CH_3COOH = CH_3COONa + H_2O$$

化学计量点的 pH=8.7 左右，通常选用酚酞作指示剂。

食醋中含 HAc 3%～6%，含量较大，且颜色较深，必须稀释后再测定。如食醋的颜色过深时，可用中性活性炭脱色后再测定。稀释食醋的蒸馏水应经过煮沸，除去 CO_2。

三、实验技术

1. 滴定管的使用：参见第一部分实验二滴定管的准备、使用及滴定基本操作。
2. 移液管的使用：参见第一部分实验四移液管的使用。

四、仪器及药品

移液管、洗瓶、锥形瓶、碱式滴定管。

NaOH 标准溶液、酚酞指示剂、已稀释食醋。

五、实验内容

用移液管吸取 25.00 mL 已稀释的食醋两份，分别放入 2 个 250 mL 锥形瓶中，各加 2 滴酚酞指示剂，用 NaOH 标准溶液滴定至溶液呈浅粉红色，并在 30 s 内不褪色为止。记录 NaOH 体积，计算食醋溶液的质量浓度 $\rho(HAc)(g \cdot L^{-1})$。两次平行测定的相对相差不得大于0.3%。

思考题

1.为什么移液管必须用所吸取的溶液润洗？

2.测定醋酸选择的指示剂是什么？为什么？

实验三 氨水浓度测定

一、实验目的

(1)学习返滴法测定氨水中的氨含量。

(2)巩固移液管的正确使用方法。

二、实验原理

氨水是农用氮肥之一。它是一种弱碱,$K_b>10^{-7}$,可用强酸直接滴定,但由于氨易挥发,所以普遍使用返滴定法,即先加入一定过量的 HCl 标准溶液,使氨先与 HCl 作用,然后再用 NaOH 标准溶液返滴剩余的盐酸。

$$NH_3 \cdot H_2O + HCl(\text{过量}) = NH_4Cl + H_2O$$

$$HCl(\text{剩余}) + NaOH = NaCl + H_2O$$

在 HCl 和 NH_4Cl 混合溶液中,HCl 可被分步滴定,所以计量点时溶液中存在 NH_4Cl,pH 约为 5.3,故应选用甲基红为指示剂。

三、实验技术

1.滴定管的使用:参见第一部分实验二滴定管的准备、使用及滴定基本操作。

2.移液管的使用:参见第一部分实验四移液管的使用。

四、仪器及药品

移液管、洗瓶、锥形瓶、酸式滴定管、碱式滴定管。

HCl 标准溶液、NaOH 标准溶液、甲基红指示剂、已稀释氨水。

五、实验内容

从酸式滴定管中慢慢放出 HCl 标准溶液约 40 mL(读数至 0.01 mL)于锥形瓶中,然后用移液管吸取 25.00 mL 已稀释的氨水试样,放入盛有 HCl 标准溶液的锥形瓶中,加入甲基红指示剂 2 滴,用 NaOH 标准溶液滴定,直至溶液由红变橙。记录所用 NaOH 体积,计算 $\rho(NH_3)(g \cdot L^{-1})$。两次平行测定结果的相对相差不得大于0.3%。

思考题

1. NH_3为什么不能直接用HCl溶液滴定?

2. 什么叫返滴定法?在哪些情况下需要采用返滴定法?

3. 若氨水中加入HCl溶液后,加甲基红溶液呈黄色,说明什么问题?如何解决?

实验四　纯碱中总碱量测定

一、实验目的

(1)掌握强酸滴定二元弱碱的滴定过程。

(2)掌握滴定突跃范围及指示剂的选择。

(3)掌握定量转移的基本操作。

二、实验原理

纯碱是不纯的碳酸钠,其中含有 $NaHCO_3$ 及其他杂质。为了鉴定纯碱的质量,常用 HCl 标准溶液测定其总碱量,利用的滴定反应是:

$$CO_3^{2-}+2H^+=H_2CO_3 \rightarrow CO_2\uparrow+H_2O$$

反应所生成的 H_2CO_3 饱和水溶液的 pH 约为 3.9,可以甲基橙为指示剂滴定至橙色(pH≈4)为终点。也可选用甲基橙-靛蓝二磺酸钠混合指示剂,终点时溶液由绿变灰。纯碱的总碱量以 Na_2CO_3 的质量分数表示。

可利用双指示剂法测定纯碱中 Na_2CO_3 和 $NaHCO_3$ 各组分的含量,用酚酞和甲基橙来分别指示终点。测定时先加入酚酞指示剂,用 HCl 标准溶液滴定至溶液恰变成无色(pH≈8.3)为第一终点,此时溶液中 CO_3^{2-} 被中和为 HCO_3^-:

$$CO_3^{2-}+H^+=HCO_3^-$$

在此溶液中再加甲基橙指示剂,继续滴定至溶液变为橙色为第二终点,此时溶液中的 HCO_3^- 全部被中和为 H_2CO_3:

$$HCO_3^-+H^+=H_2CO_3 \rightarrow CO_2\uparrow+H_2O$$

根据两终点消耗 HCl 标准溶液的体积即可计算试样中 Na_2CO_3 和 $NaHCO_3$ 两组分的含量。

三、实验技术

1.滴定管的使用:参见第一部分实验二滴定管的准备、使用及滴定基本操作。

2. 移液管的使用：参见第一部分实验四移液管的使用。

3. 容量瓶的使用：参见第一部分实验四容量瓶的使用。

四、仪器及药品

移液管、容量瓶、洗瓶、锥形瓶、酸式滴定管。

纯碱，甲基橙指示剂，酚酞指示剂，HCl 标准溶液。

五、实验内容

（一）纯碱中总碱量的测定

称取 Na_2CO_3 的质量分数约为 95％的纯碱试样（请自行计算所需量）于 100 mL 小烧杯中，加 30 mL 蒸馏水溶解（必要时可适当加热），冷却后，将溶液定量转移到 250 mL 容量瓶中定容。

准确移取 25.00 mL 上述试液于锥形瓶中，加 1～2 滴甲基橙（或甲基橙-靛蓝二磺酸钠混合指示剂），用 HCl 标准溶液滴定至溶液由黄变橙（或由绿变灰），注意近终点时应剧烈摇动锥形瓶，防止 CO_2 过饱和。平行测定后计算总碱量 $w(Na_2CO_3)$。两次平行测定结果的相对相差不得大于 0.3％。

（二）纯碱中 Na_2CO_3 和 $NaHCO_3$ 含量的测定

准确移取 25.00 mL 上述定容好的纯碱试液于锥形瓶中，加入 2 滴酚酞指示剂，用 HCl 标准溶液逐滴滴定至溶液红色恰好消失（并不断摇动锥形瓶），记录 HCl 溶液用量 V_1。然后再加入 1～2 滴甲基橙指示剂于此液中，此时溶液呈黄色，继续滴定，直至溶液变为橙色。接近终点时应剧烈摇动锥形瓶。记录 HCl 溶液体积 V_2。平行测定后计算试样中 $w(Na_2CO_3)$ 和 $w(NaHCO_3)$。两次平行测定结果的相对相差不得大于 0.3％。

思考题

1. 混合指示剂的变色原理是什么？有什么优点？

2. 如果试样是 NaOH 和 Na_2CO_3 的混合物，应如何测定其含量？请设计实验并选择合适的指示剂。

实验五　阿司匹林含量的测定

一、实验目的

(1)掌握酸碱滴定法在有机酸测定中的应用。

(2)学习药品阿司匹林含量的测定方法以及纯品和片剂分析方法的不同。

二、实验原理

阿司匹林(乙酰水杨酸)是一种常用的芳酸酯类药物。它是一种有机弱酸，$pK_a=3.0$，化学式 $C_9H_8O_4$(摩尔质量为 180.16 kg·mol^{-1})，微溶于水，易溶于乙醇。由于其分子结构中含有羧基，在溶液中可解离出 H^+，故可用标准溶液以酚酞为指示剂直接滴定。

乙酰水杨酸在 NaOH 等强碱性溶液中溶解并分解为水杨酸钠(邻羟基苯甲酸钠)和乙酸盐：

$$C_6H_4(COOH)(OCOCH_3) + 2NaOH = C_6H_4(COONa)(OH) + H_2O + CH_3COONa$$

为防止乙酰基水解，须在 10℃以下的中性乙醇中进行滴定。此外，滴定时应在振摇下稍快的进行，以防止局部碱度过大而促使其水解。但是直接滴定法只适用于乙酰水杨酸纯品的测定。因为在药品中都含有淀粉等不溶物，它们在冷乙醇中不易溶解完全，不宜直接滴定，而应采用返滴定法。

将药片研细后加入过量的 NaOH 标准溶液，加热一段时间使乙酰基水解完全，再用 HCl 标准溶液返滴过量的 NaOH，以酚酞为指示剂，滴定至粉红色刚刚消失为终点。通过 HCl 与 NaOH 的体积计算每片药中含乙酰水杨酸的质量(g·片$^{-1}$)。

为保证试样的均匀性，最好取 10 粒片剂研细，再准确称取适量(相当于 0.3～0.4 g 乙酰水杨酸)进行分析测定。另外，测定体积比 $V(NaOH)/V(HCl)$ 时需要在与测定试样相同的条件下进行，这是由于 NaOH 溶液在加热过程中会受空气中 CO_2 干扰，给测定造成一定程度的系统误差。在相同条件下进行可以基本扣除这个空白值,提高测定的准确度。

三、实验技术

1. 滴定管的使用:参见第一部分实验二滴定管的准备、使用及滴定基本操作。
2. 移液管的使用:参见第一部分实验四移液管的使用。
3. 容量瓶的使用:参见第一部分实验四容量瓶的使用。

四、仪器及药品

天平,烧杯(100 mL),容量瓶(100 mL),表面皿,称量瓶,碱式滴定管,锥形瓶(250 mL),瓷研钵。

NaOH 标准溶液(0.1 mol·L^{-1}),HCl(0.1 mol·L^{-1}),邻苯二甲酸氢钾(优级纯),乙醇(95%),酚酞指示剂(0.2%乙醇溶液),阿司匹林药片。

五、实验内容

(一)乙醇的预中和

量取 60 mL 乙醇置于 100 mL 烧杯中,加入 8 滴酚酞指示剂,在搅拌下滴加 0.1 mol·L^{-1} NaOH 溶液至刚刚出现微红色,盖上表面皿,浸入冰水中。

(二)乙酰水杨酸(晶体)纯度的测定

准确称取试样约 0.4 g,置于干燥的锥形瓶中。加入 10℃以下的中性乙醇,摇动溶解后加入 3 滴酚酞指示剂,立即用 NaOH 标准溶液滴至微红色为终点。平行测定 3 次,3 次滴定结果的相对极差不超过 0.3%。

(三)阿司匹林药片中的乙酰水杨酸的测定

将药片在瓷研钵中充分研细并混匀,转入称量瓶中,用差减法准确称取0.4～0.5 g 药粉于锥形瓶中,加入 40 mL NaOH 标准溶液,盖上表面皿,轻轻摇动后放在水浴上用蒸汽加热 15 min,其间摇动数次,并冲瓶壁。取出并迅速用冰水冷却至室温,加入 3 滴酚酞指示剂,立即用 0.1 mol·L^{-1} HCl 溶液滴定至红色刚刚消失为终点,平行测定 3 次。

(四)体积比的测定

取 20 mL NaOH 标准溶液于锥形瓶中,加入 20 mL 蒸馏水,在与测定药粉相同的实验条件下进行加热,冷却后用 HCl 标准溶液滴定。平行 3 次,计算

$V(NaOH)/V(HCl)$。

思考题

1. 测定阿司匹林纯品和片剂采用的测定方法有何不同？为什么要有区别？
2. 在体积比 $V(NaOH)/V(HCl)$ 的测定中，为什么须在与测定试样相同条件下进行？
3. 每摩尔乙酰水杨酸消耗 NaOH 的物质的量是多少？

实验六　水的总硬度测定

一、实验目的

(1)掌握配位滴定法测定水的总硬度的原理和方法。

(2)熟悉金属指示剂的变色原理及滴定终点的判断。

(3)了解水的总硬度的常用表示方法。

二、实验原理

水的总硬度是水质的一个重要指标。水的总硬度是指水中 Ca^{2+}，Mg^{2+} 的总浓度。硬度对工业用水影响很大，尤其是锅炉用水。硬度较高的水都要经过软化处理并经滴定分析达到一定标准后才能输入锅炉。生活饮用水中硬度过高会影响肠胃的消化功能。

我国生活饮用水卫生标准中规定，硬度（以 $CaCO_3$ 计）不得超过 450 mg・L^{-1}。另外，我国目前使用较多的表示方法还有 mmol・L^{-1}，如 $c(Ca^{2+}+Mg^{2+})>$ 5 mmol・L^{-1}的水不可饮用。

总硬度的测定方法，国际标准、我国国家标准及有关部门的行业标准中所制定的方法都是以铬黑 T 为指示剂的配位滴定法。这一方法适用于生活饮用水、工业锅炉用水、冷却水、地下水及没有严重污染的地表水。

在 pH＝6.3～11.3 的水溶液中，铬黑 T 本身呈蓝色，它与 Ca^{2+}，Mg^{2+} 形成的配合物呈紫红色。用缓冲溶液调节溶液的 pH 为 10.0，以铬黑 T 为指示剂，用 EDTA 标准溶液滴定，当溶液由紫红色变为纯蓝色达到终点。

三、实验技术

1. 滴定管的使用：参见第一部分实验二滴定管的准备、使用及滴定基本操作。
2. 移液管的使用：参见第一部分实验四移液管的使用。
3. 容量瓶的使用：参见第一部分实验四容量瓶的使用。

四、仪器及药品

酸式滴定管(50 mL)，烧杯，量筒，移液管(25，50 mL)，容量瓶(250 mL)，锥形瓶(250 mL),洗耳球。

0.01 mol·L^{-1} EDTA 标准溶液,NH_3-NH_4Cl 缓冲溶液(pH=10.0),铬黑 T 指示剂,盐酸溶液(1∶1)。

五、实验内容

(一)0.01 mol·L^{-1} EDTA 标准溶液的配制

准确称取已干燥的分析纯 EDTA(请自行计算所需量,准确称量至 0.000 1 g)置于烧杯中,用少量蒸馏水将其溶解,最后定量转移至 250 mL 容量瓶中,蒸馏水稀释至标线,摇匀。计算 EDTA 标准溶液的准确浓度。

(二)总硬度的测定方法

用移液管移取水样 50.00 mL 于 250 mL 锥形瓶中,加 5 mL 氨性缓冲溶液及少量铬黑 T,充分振摇使铬黑 T 完全溶解,溶液呈红色。立即用 EDTA 滴定,并用力摇动溶液。近终点时溶液呈紫红色后,一定要一滴一滴加入,每加一滴,用力摇动至溶液由紫红色变为纯蓝色为终点。平行测定两次,所用 EDTA 体积相差不得超过 0.05 mL。

如果水样中 HCO_3^- 含量较高,加入缓冲溶液后会出现 $CaCO_3$ 沉淀,使测定无法进行。可事先加入 1∶1 HCl 2 滴,煮沸,除去 CO_2,冷却后再进行滴定。

如果水中含 Al^{3+},Fe^{3+} 等,对指示剂有封闭作用,则应加入三乙醇胺等掩蔽剂。

思考题

1.什么叫水的总硬度?有哪些表示方法?

2.使用金属指示剂时应注意哪些事项?为什么要用固体指示剂?使用固体指示剂时应注意哪些事项?

实验七　溶液中铅、铋含量的连续滴定

一、实验目的

(1)掌握通过控制酸度提高 EDTA 选择性，进行混合溶液中金属离子连续滴定的条件选择。

(2)掌握混合溶液中 Pb^{2+}、Bi^{3+} 连续测定的分析方法。

二、实验原理

混合离子的滴定常用控制酸度法、掩蔽法进行，可根据有关副反应系数论证对它们分别滴定的可能性。

溶液中 Pb^{2+} 和 Bi^{3+} 均能与 EDTA 形成稳定的 1∶1 配合物，其稳定常数分别为 $\lg K_f(PbY)=18.04$ 和 $\lg K_f(BiY)=27.94$，由于两者的 $\lg K_f$ 相差很大，故可利用酸效应，控制不同的酸度，进行分别滴定。

$$Bi^{3+} + H_2Y^{2-} = BiY^{-} + 2H^{+}$$

$$Pb^{2+} + H_2Y^{2-} = PbY^{2-} + 2H^{+}$$

如果控制两者的浓度均约为 $0.01\ mol \cdot L^{-1}$，可利用酸效应曲线确定滴定的酸度。

在 Bi^{3+}-Pb^{2+} 混合溶液中，首先调节溶液 pH≈1，以二甲酚橙为指示剂，Bi^{3+} 与指示剂形成紫红色络合物（Pb^{2+} 在此条件下不会与二甲酚橙形成有色络合物），用 EDTA 标准溶液滴定 Bi^{3+}，当溶液由紫红色恰好变为黄色，即为滴定 Bi^{3+} 的终点。在滴定 Bi^{3+} 后的溶液中，加入六次甲基四胺溶液，调节溶液 pH＝5～6，此时 Pb^{2+} 与二甲酚橙形成紫红色络合物，溶液再次呈现紫红色，用 EDTA 标准溶液继续滴定，当溶液由紫红色恰好变为黄色时，即为滴定 Pb^{2+} 的终点。

三、实验技术

1. 滴定管的使用：参见第一部分实验二滴定管的准备、使用及滴定基本操作。
2. 移液管的使用：参见第一部分实验四移液管的使用。
3. 分析天平的使用：参见第一部分实验一分析天平的使用。

四、仪器及药品

分析天平，100 mL 烧杯，10 mL 量筒，洗瓶，250 mL 锥形瓶，玻璃棒，50 mL 酸式滴定管，25 mL 移液管，250 mL 容量瓶，滴定装置。

0.01 mol・L^{-1}EDTA 标准溶液；0.2%二甲酚橙指示剂；20%六次甲基四胺溶液；Bi^{3+}-Pb^{2+} 混合溶液：含 Bi^{3+}，Pb^{2+} 各约 0.01 mol・L^{-1}，pH≈1。

五、实验内容

1. 0.01 mol・L^{-1}EDTA 标准溶液的配制(见第二部分实验六)。

2. 用移液管准确移取 25.00 mL Bi^{3+}-Pb^{2+} 试液于 250 mL 锥形瓶中，加入二甲酚橙指示剂 2 滴，用 EDTA 标准溶液滴定，当溶液由紫红色恰好变为黄色，即为 Bi^{3+} 的终点。记录消耗 EDTA 的体积 V_1。在滴定 Bi^{3+} 后的溶液中，加入10 mL 20%六次甲基四胺溶液，溶液呈紫红色，此时溶液的 pH 为 5～6。继续用 EDTA 溶液滴定至溶液由紫红色恰变为黄色，即为终点。记录消耗 EDTA 的体积 V_2。平行滴定两份，两份滴定的体积差小于 0.05 mL。计算试液中 Bi^{3+}，Pb^{2+} 的浓度。

六、注意事项

(1)Pb^{2+}，Bi^{3+} 与 EDTA 反应的速度较慢，滴定时速度不宜太快，且要激烈振荡。

(2)滴定时溶液颜色变化为：紫红色→红色→橙黄色→黄色。二甲酚橙指示剂在 pH≈1 与 pH=5～6 时的亮黄色略有区别，pH≈1 时的颜色不会很明亮。

思考题

1. 为什么不用 NaOH，NaAc 或 NH_3・H_2O 而用六次甲基四胺调节 pH 到 5～6?

2. 能否在同一份试液中先在 pH=5～6 的溶液中测定 Pb^{2+} 和 Bi^{3+} 的含量，而后再调节 pH≈1 时测定 Bi^{3+} 的含量?

3. 试述连续滴定 Pb^{2+}，Bi^{3+} 过程中，锥形瓶中颜色变化的情形，以及颜色变化的原因。

4. 如果滴定至 Bi^{3+} 终点时，滴定过量，会对测定结果产生什么影响?

实验八 氯化物中氯的测定

一、实验目的

(1)利用沉淀滴定法测定氯化物中氯的含量。

(2)熟练掌握容量瓶和移液管的使用。

(3)掌握沉淀滴定法的操作技术。

二、实验原理

氯化物中的氯可以用沉淀滴定法测定,如莫尔法、佛尔哈德法。

莫尔法:在近中性溶液中,以 K_2CrO_4 为指示剂,用 $AgNO_3$ 标准溶液直接滴定试液中的 Cl^-:

$$Ag^+ + Cl^- = AgCl\downarrow \text{(白色)}$$
$$2Ag^+ + CrO_4^{2-} = Ag_2CrO_4\downarrow \text{(砖红色)}$$

滴定时先析出 AgCl 沉淀,当 AgCl 定量沉淀后微过量的 Ag^+ 即与 CrO_4^{2-} 形成 Ag_2CrO_4 沉淀,指示达到终点。

佛尔哈德法:以铁铵钒为指示剂,以 NH_4SCN 标准溶液滴定含有 Ag^+ 的酸性溶液的滴定分析方法。用此法可以测定 Cl^-,Br^-,I^-和 SCN^-。

在含有 Cl^- 的酸性溶液中,加入一定量过量的 $AgNO_3$ 标准溶液,定量生成 AgCl 沉淀后,过量的 Ag^+ 以铁铵钒为指示剂,以 NH_4SCN 标准溶液返滴,由 $[Fe(SCN)_2]^+$ 配离子的红色指示滴定终点:

$$Ag^+ + Cl^- = AgCl\downarrow \text{(白色)}$$
$$Ag^+ + SCN^- = AgSCN\downarrow \text{(白色)}$$
$$Fe^{3+} + 2SCN^- = [Fe(SCN)_2]^+ \text{(红色)}$$

因 AgSCN 沉淀能吸附溶液中的 Ag^+,实际上略早于计量点时便生成红色的 $[Fe(SCN)_2]^+$ 配离子,提前到达终点。因此,滴定过程中要充分摇动,使被吸附的 Ag^+ 解析。

三、实验技术

1. 分析天平的使用：参见第一部分实验一分析天平的使用。

2. 滴定管的使用：参见第一部分实验二滴定管的准备、使用及滴定基本操作。

3. 容量瓶的使用：参见第一部分实验四容量瓶的使用。

4. 沉淀滴定操作：沉淀滴定法的特点是，随着沉淀的生成，部分离子会吸附在沉淀的颗粒上，影响终点的观察，因此要求在滴定过程中必须不断地剧烈摇动反应液，以减少终点误差。此外，接近终点时，在第一种沉淀完全时出现第二种沉淀或配离子，第一种沉淀会影响终点颜色的观察，因此要多加练习。

四、仪器及药品

50 mL 酸式滴定管，锥形瓶(250 mL)，容量瓶(250，500 mL)，分析天平。

$AgNO_3$(用前在烘箱中 110℃烘 1～2 h)，NH_4SCN，铁铵钒，NaCl 固体，浓硝酸，6 mol·L^{-1} HNO_3 溶液，K_2CrO_4，硝基苯。

五、实验内容

1. 铁铵钒指示剂：称取 50 g 铁铵钒 $FeNH_4(SO_4)_2 \cdot 12H_2O$ 于研钵中研细，放入盛有 100 mL 蒸馏水的烧杯中，搅拌促进溶解。滴加浓硝酸至溶液的褐色消失，溶液澄清为止。倒入棕色瓶中，密闭，保存于阴暗处。

2. $c(AgNO_3) = 0.1$ mol·L^{-1}的硝酸银标准溶液的配制。准确称取已干燥的分析纯硝酸银约 8.5 g(准确称量至 0.000 1 g)，置于烧杯中，用少量的蒸馏水将其溶解，最后定量转移至 500 mL 棕色容量瓶中，用蒸馏水稀释至标线，摇匀。计算 $AgNO_3$ 标准溶液的准确浓度。

3. $c(NH_4SCN) = 0.1$ mol·L^{-1}的硫氰酸铵标准溶液的配制和标定。用 1/100 天平称取约 4 g NH_4SCN，用少量水溶解后，加蒸馏水稀释至 500 mL，保存于洁净的试剂瓶中。用移液管准确移取 $AgNO_3$ 标准溶液 25.00 mL 于锥形瓶中，加入新煮沸冷却的 6 mol·L^{-1} HNO_3溶液 3 mL，铁铵钒指示剂 1 mL，在强烈的摇动下用配制的 NH_4SCN 溶液滴定。接近终点时，溶液显橙红色，用力摇动橙色又消失。继续滴加到溶液刚显出的橙红色虽经剧烈摇动仍不消失即为终点。计算 NH_4SCN 溶液的准确浓度。3 次平行测定结果的相对极差不得大于 0.3%。

4. 氯试液的准备。准确称取 1.9～2.0 g(准确到 0.000 1 g)NaCl 试样，于烧杯中溶解，定量转移至 250 mL 容量瓶中定容，摇匀。

5. 氯化物中氯的测定(莫尔法)。用 25 mL 移液管移取氯试样两份，分别放入锥形瓶中，加入 $w=5\%$ 的 K_2CrO_4 溶液 1 mL，然后在剧烈的摇动下用 $AgNO_3$ 标准溶液滴定。接近终点时，溶液呈浅砖红色，虽经剧烈摇动仍不消失即为终点。计算试样中氯的质量分数。平行测定两次，相对相差不得大于 0.3%。

6. 氯化物中氯的测定(佛尔哈德法)。用 25 mL 移液管移取氯试样两份，分别放入锥形瓶中，加入 5 mL 6 $mol \cdot L^{-1}$ HNO_3，由滴定管准确加入约 45 mL $AgNO_3$ 标准溶液。加时不断摇动锥形瓶，加完后继续摇动，至 AgCl 全部聚沉。加入 4 mL 硝基苯，充分摇动，使 AgCl 被硝基苯包围。再加入铁铵钒指示剂 1 mL，在摇动下用 NH_4SCN 标准溶液滴定，至溶液保持橙红色 30 s 不褪色即为终点。计算试样中氯的质量分数。平行测定两次，相对相差不得大于 0.3%。

思考题

1. 用莫尔法测定 Cl^-，为什么不能在酸性溶液中进行？pH 过高又会有什么影响？

2. K_2CrO_4 溶液加得过多或过少对测定有何影响？

实验九　$KMnO_4$ 法测定 H_2O_2 的含量

一、实验目的

(1)学习用 $KMnO_4$ 法测定 H_2O_2 含量的原理和方法。

(2)了解 H_2O_2 的应用。

二、实验原理

H_2O_2 在工业、生物、医药等方面应用很广泛。利用 H_2O_2 的氧化性漂白毛、丝织物;医药上常用于消毒和杀菌剂;纯 H_2O_2 可用作火箭燃料的氧化剂;工业上利用 H_2O_2 的还原性除去氯气;植物体内的过氧化氢酶也能催化 H_2O_2 的分解反应,故在生物上利用 H_2O_2 分解所放出的氧来测量过氧化氢酶的活性。由于 H_2O_2 有着广泛的应用,常需要测定它的含量。

由于在酸性溶液中,$KMnO_4$ 的氧化性比 H_2O_2 的氧化性强,所以,测定 H_2O_2 的含量时,常采用在稀硫酸溶液中,室温条件下用高锰酸钾法测定,反应式为

$$5H_2O_2 + 2MnO_4^- + 6H^+ = 2Mn^{2+} + 5O_2\uparrow + 8H_2O$$

$KMnO_4$ 法测定 H_2O_2 含量时,开始反应缓慢,第一滴溶液滴入后不易褪色,待产生 Mn^{2+} 后,由于 Mn^{2+} 的催化作用,加快了反应速度,故滴定速度也应加快。

市售的 H_2O_2 溶液浓度太大,稀释后才能滴定。如 H_2O_2 试样是工业产品,因产品中常加入少量乙酰苯胺等有机物质作稳定剂,此类有机物也消耗 $KMnO_4$,所以产生误差较大。此时可采用碘量法或铈量法测定,在此不作介绍。

三、实验技术

具体实验技术参见第一部分实验一分析天平的使用,第一部分实验二滴定管的准备、使用及滴定基本操作及第一部分实验四移液管的使用和容量瓶的使用。

四、仪器及药品

分析天平,台秤,酸式滴定管,锥形瓶,移液管(25 mL),量筒(10 mL)。

$Na_2C_2O_4$(s)，H_2SO_4(3 mol・L^{-1})，$KMnO_4$(s)，H_2O_2(3%)。

五、实验内容

1. 0.02 mol・L^{-1} $KMnO_4$ 标准溶液的配制及标定(参见第一部分实验六)。

2. H_2O_2 含量的测定。用移液管准确移取 25.00 mL 3% H_2O_2 于 250 mL 锥形瓶中，加 10 mL 3 mol・L^{-1} H_2SO_4，用 $KMnO_4$ 标准溶液滴定。开始速度要慢，待第一滴 $KMnO_4$ 溶液完全褪色后，再滴第二滴，随着反应速度的加快，可逐渐增加滴定速度，直至溶液颜色呈粉红色且 30 s 内不褪色，即为终点。记下消耗 $KMnO_4$ 标准溶液的体积。平行测定 3 次后，计算试样溶液中 H_2O_2 的质量浓度 $\rho(H_2O_2)$(g・L^{-1})。3 次平行测定的结果相对极差不得大于 0.3%。

(若试样是 30%左右的原瓶装溶液，则需用吸量管吸取 1.00 mL 30% H_2O_2 置于 250 mL 容量瓶中，加去离子水稀释至刻度，充分摇匀。即可按上述方法操作。结果计算是将测出的(稀释后的)$\rho(H_2O_2)$值乘以稀释倍数 10 即可。)

注意：为加快开始的反应速度，也可加入 2 滴 1 mol・L^{-1} $MnSO_4$ 溶液作为催化剂。

思考题

1. 用 $KMnO_4$ 法测 H_2O_2 含量时，能否用 HNO_3，HCl 和 HAc 控制酸度？为什么？

2. H_2O_2 有什么重要性质？使用时应注意什么？

实验十　$K_2Cr_2O_7$ 法测定铁矿石中铁的含量

一、实验目的

(1)掌握直接法配制 $K_2Cr_2O_7$ 标准溶液的方法。

(2)掌握 $K_2Cr_2O_7$ 法测定铁矿石中铁含量的原理和实验条件、试样预处理方法及其特点。

二、实验原理

在工农业生产中经常需要测定试样中铁元素的含量。如通过判断铁矿石的品质来确定有无开采价值时要对铁矿石中铁的含量进行测定。因此铁的测定应用范围很广。铁矿石主要指磁铁矿(Fe_3O_4)、赤铁矿(Fe_2O_3)和菱铁矿($FeCO_3$)。

测定铁矿石中含铁量的经典方法是氧化还原滴定中重铬酸钾法的有汞法。该方法测定快速、准确度高,是我国矿石含铁量测定的标准方法,简称"国标"。无汞法是在有汞法的基础上发展起来的,它克服了有汞法的缺点,目前也已列为国家标准。

试样用盐酸加热溶解,在热溶液中,用 $SnCl_2$ 还原大部分 Fe^{3+},然后以钨酸钠为指示剂,用 $TiCl_3$ 溶液定量还原剩余部分 Fe^{3+},当 Fe^{3+} 全部还原为 Fe^{2+} 后,过量一滴 $TiCl_3$ 溶液使钨酸钠还原为蓝色的五价钨的化合物(俗称"钨蓝"),使溶液呈蓝色,滴加 $K_2Cr_2O_7$ 溶液使钨蓝刚好褪色。溶液中的 Fe^{2+} 在硫、磷混酸介质中,以二苯胺磺酸钠为指示剂,用 $K_2Cr_2O_7$ 标准滴定溶液滴定至紫色为终点。涉及如下反应:

$$Fe_2O_3 + 6H^+ + 8Cl^- = 2FeCl_4^- + 3H_2O$$

$$2FeCl_4^- + SnCl_4^{2-} + 2Cl^- = 2FeCl_4^{2-} + SnCl_6^{2-}$$

$$2Fe^{3+} + Ti^{3+} + 2H_2O = 2Fe^{2+} + TiO_2^+ + 4H^+$$

$$Cr_2O_7^{2-} + 6Fe^{2+} + 14H^+ = 2Cr^{3+} + 6Fe^{3+} + 7H_2O$$

三、实验技术

(一)铁矿石预处理技术

在测定铁矿石中铁含量时,需进行以下步骤:

1. 矿样溶解。矿样用浓 HCl 溶解,并缓缓加热。

2. 还原 Fe^{3+} 为 Fe^{2+}($SnCl_2$-$TiCl_3$ 联合预还原法)。在热的浓 HCl 溶液中先用 $SnCl_2$ 将大部分 Fe^{3+} 还原为 Fe^{2+},再用 $TiCl_3$ 还原剩余的 Fe^{3+},此步还原以 Na_2WO_4 作指示剂。当 Fe^{3+} 被定量还原为 Fe^{2+} 之后,稍过量的 $TiCl_3$ 可将溶液中无色的 Na_2WO_4(Ⅵ)还原为蓝色的钨蓝(Ⅴ),表示 Fe^{3+} 已全部还原为 Fe^{2+}。

3. 除去钨蓝。加入少量水摇匀,水中的溶解氧可将钨蓝再氧化为无色的 Na_2WO_4,或加入稀的 $K_2Cr_2O_7$ 溶液氧化钨蓝至蓝色刚好消失。

4. 注意事项。

(1)平行测定的 2 份铁矿样可以同时溶解,但是不可以同时还原,以免 Fe^{2+} 被空气中的氧氧化。

(2)加入 $SnCl_2$ 不宜过量,否则使测定结果偏高。如不慎过量,可滴加 2% $KMnO_4$ 溶液使试液呈浅黄色。

(3)Fe^{2+} 在酸性介质中极易被氧化,必须在"钨蓝" 褪色后 1 min 内立即滴定,否则测定结果偏低。

(二)其他具体实验技术

参见第一部分实验一分析天平的使用,第一部分实验二滴定管的准备、使用及滴定基本操作及第一部分实验四容量瓶的使用。

四、仪器及药品

酸式滴定管、锥形瓶、容量瓶、烧杯、玻璃棒、滴管、水浴锅、表面皿、分析天平。

$K_2Cr_2O_7$(s),浓 HCl,$SnCl_2$,$TiCl_3$,Na_2WO_4(s),H_2SO_4-H_3PO_4 混酸,二苯胺磺酸钠(s),铁矿石试样(s)。

五、实验内容

(一)0.02 $mol \cdot L^{-1}$ $K_2Cr_2O_7$ 标准溶液的制备

采用固定称量法,在分析天平上准确称取 1.471 0 g 基准物 $K_2Cr_2O_7$ 于干燥的小烧杯中,加水溶解,定量转入 250 mL 容量瓶中,稀释至刻度,摇匀。此溶液的浓度为 $c(K_2Cr_2O_7)=0.02\ mol \cdot L^{-1}$。若所称取 $K_2Cr_2O_7$ 质量不是 1.471 0 g,则另计算其准确浓度。

(二)试样中铁含量的测定

准确称取试样 0.2 g,置于锥形瓶中,滴加水润湿试样,加 10 mL 浓 HCl,盖上表面皿,缓缓加热使试样溶解,此时溶液为橙黄色,残渣为白色或浅色时,用少量水冲洗表面皿,加热近沸。趁热滴加 $SnCl_2$ 溶液至溶液呈浅黄色($SnCl_2$ 不宜过量),加 1 mL Na_2WO_4 溶液,滴加 $TiCl_3$ 溶液至刚好出现钨蓝。加水 60 mL,放置 10~20 s,用 $K_2Cr_2O_7$ 标准滴定溶液滴定至钨蓝恰好褪去(不记读数)。加入10 mL硫磷混酸溶液和 5 滴二苯胺磺酸钠指示液,立即用 $K_2Cr_2O_7$ 标准溶液滴定至溶液呈稳定的紫色即为终点。平行测定 2 次。

思考题

1. 为什么不能将 2 份试液都预处理后再依次用 $K_2Cr_2O_7$ 滴定?
2. 本实验用 $K_2Cr_2O_7$ 滴定前加入硫磷混酸的作用是什么?为什么加入硫磷混酸和指示剂后必须立即滴定?
3. 为什么 $SnCl_2$ 溶液须趁热滴加?

实验十一　分光光度法测定铁

一、实验目的

(1)掌握邻二氮菲和磺基水杨酸分光光度法测定铁的原理及方法。

(2)学习吸收曲线的绘制方法,正确选择测定波长。

(3)学会标准曲线的绘制方法和分析结果的计算。

(4)掌握722型分光光度计的使用方法。

二、可见分光光度计的使用

(一)分光光度计的原理

分光光度计的基本原理是建立在光与物质相互作用的基础上,当光子和某一溶液中吸收辐射的物质分子相碰撞时,就发生吸收,测量其吸光度值的大小可反映某种物质存在的量的多少。光的吸收程度与浓度有一定的比例关系,这就是著名的朗伯-比耳定律。该定律成立的必要条件是用单色光(单一波长光)照射试样。

为了使该定律具有良好的线性,对测量浓度有一定的范围要求。也就是吸光度值控制在0.2～0.7之间,并且要求单色光垂直照射试样,试样要均匀。一台性能优良的分光光度计,必须有一个高性能的光路系统即单色仪。单色仪有两类:一类是以玻璃三棱镜为色散元件组成;另一类由光栅为色散元件组成。两种单色仪各有利弊,用石英玻璃做成的单色仪,在紫外光区有较高的色散率,波长精度较高,分辨率可达0.2 nm,但在可见光区要大于2 nm,波长精度不呈线性,像751G型分光光度计,是由光栅做成的单色仪,在全段波长(200～800 nm)之间具有相同的波长精度。

紫外分光光度计的工作波长在200～1 000 nm之间,其波长范围涵盖紫外光(200～400 nm)、可见光(400～750 nm)及近红外光(750～1 000 nm)。在紫外光区(200～350 nm)测定时必须用比色皿。

(二)722型分光光度计的使用方法

(1)使用仪器前，使用者应该首先了解本仪器的结构和工作原理，以及各个操作旋钮的功能(图29)。在未接通电源前，应该对仪器的安全性进行检查。电源线接线应牢固，通地要良好，各个调节旋钮的起始位置应该正确，然后再接通电源开关。在使用前先检查一下放大器暗盒的硅胶干燥筒(在仪器的左侧)，如受潮变色，应更换干燥的蓝色硅胶或者倒出原硅胶，烘干后再用。

(2)将灵敏度旋钮调置"1"挡(放大倍率最小)。

(3)开启电源，指示灯亮，选择开关置于"*T*"，波长调至测试用波长。仪器预热20 min。

(4)打开试样室盖(光门自动关闭)，调节"0"旋钮，使数字显示为"00.0"，盖上试样室盖，将比色皿架置于蒸馏水校正位置，使光电管受光，调节透过率"100%"旋钮，使数字显示为"100.0"。

(5)如果显示不到"100.0"，则可适当增加微电流放大器的倍率挡数，但尽可能置低倍率挡使用，这样仪器将有更高的稳定性。但改变倍率后必须按(4)重新校正"0"和"100%"。

(6)预热后，按(4)连续几次调整"0"和"100%"，仪器即可用于测定工作。

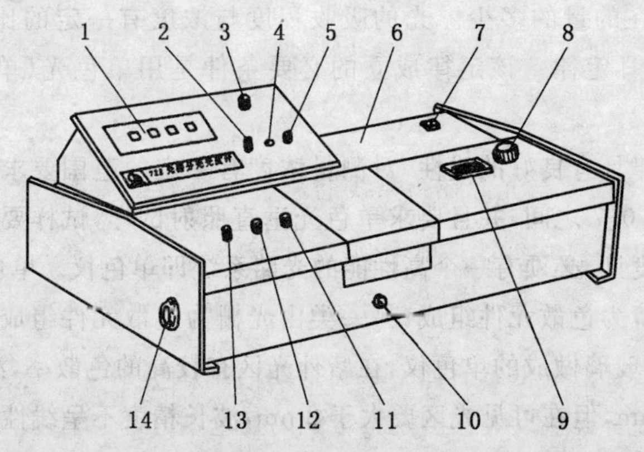

1.数字显示器　2.吸光度调零旋钮　3.选择开关　4.吸光度调斜率电位器

5.浓度旋钮　6.光源室　7.电源开关　8.波长手轮　9.波长刻度窗

10.试样架拉手　11.100% *T* 旋钮　12.0% *T* 旋钮

13.灵敏度调节旋钮　14.干燥器

图29　722型分光光度计仪器面板

(7)吸光度 A 的测量。按(4)调整仪器的“00.0”和“100%”,将选择开关置于“A”,调节吸光度调零旋钮,使得数字显示为“.000”,然后将被测试样移入光路,显示值即为被测试样的吸光度值。

(8)如果大幅度改变测试波长时,在调整“0”和“100%”后应稍等片刻(因光能量变化急剧,光电管受光后响应缓慢,需一段光响应平衡时间),当稳定后,重新调整“0”和“100%”即可工作。

(9)每台仪器配套的比色皿,不能与其他仪器上的比色皿单个调换。用吸水纸将附着在比色皿外壁的溶液擦干,动作要轻,以免透光面产生划痕。

(10)为防止光电管疲劳,不测定时将比色皿的暗箱盖打开。

(三)使用分光光度计的注意事项

(1)连续使用仪器的时间不应超过 2 h,最好是间歇 0.5 h 后再继续使用。

(2)仪器不能受潮。应经常注意防潮硅胶(在仪器的底部)是否变色,如硅胶的颜色已变红,应立即取出烘干或更换。在托运或移动仪器时,应注意小心轻放。

(3)比色皿的清洁程度直接影响实验结果,因此一定要将比色皿清洗干净。装样前处理:自来水反复冲洗→蒸馏水润洗 2 次→待装溶液润洗 2 次。必要时,需用浓硝酸或铬酸洗液短时间浸泡。用完后用自来水和蒸馏水洗净并用擦镜纸擦干,放回比色皿盒中。拿放比色皿时,应持其“毛面”,不要接触“光面”。若比色皿外表面有液体,应用擦镜纸朝同一方向拭干,以保证吸光度测量不受影响。

(4)比色皿内盛液应为其容量的 2/3,过少会影响实验结果,过多易在测量过程中外溢,污染仪器。

(5)比色皿的光面要与光源在一条线上。

三、邻二氮菲分光光度法测定铁

(一)实验原理

分光光度法测量微量物质的理论基础是朗伯-比耳定律,即 $A=\varepsilon bc$,一般在吸光度测量之前需进行显色反应。测定微量铁的显色剂有邻二氮菲、磺基水杨酸、硫氰酸盐等,其中邻二氮菲更常用。

在 pH=2～9 的溶液中,试剂与 Fe^{2+} 生成稳定的红色络合物,其 $\lg K_f=21.3$,摩尔吸光系数 $\varepsilon=1.1\times10^4\ L\cdot mol^{-1}\cdot cm^{-1}$,其反应式如下:

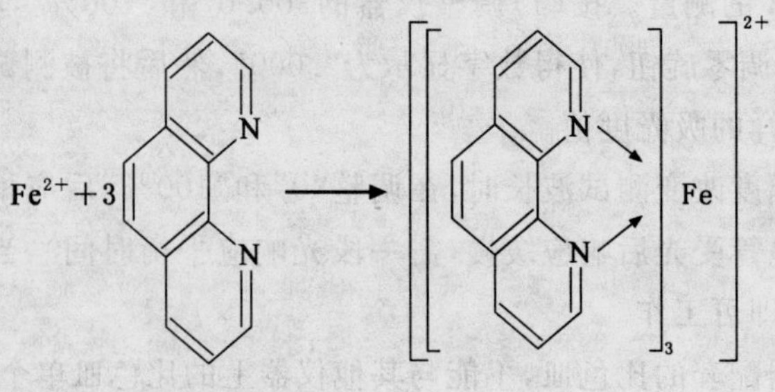

$Fe^{2+}+3$ N N → N N Fe $]_3$ $]^{2+}$

红色络合物的最大吸收峰在 510 nm 波长处。

本方法的选择性很强，相当于含铁量 40 倍的 Sn^{2+}，Al^{3+}，Ca^{2+}，Mg^{2+}，Zn^{2+}，SiO_3^{2-}；20 倍的 Cr^{3+}，Mn^{2+}，V(Ⅴ)，PO_4^{3-}；5 倍的 Co^{2+}，Cu^{2+} 等均不干扰测定。

(二)仪器及药品

722 型分光光度计，10 mL 吸量管，50 mL 容量瓶，1 cm 比色皿。

铁标准溶液(含铁 0.1 mg · mL^{-1})：准确称取 0.863 4 g 的 $NH_4Fe(SO_4)_2 \cdot 12H_2O$，置于烧杯中，加入 40 mL HCl (6 mol · L^{-1})和少量水，溶解后，定量地转移至 1 L 容量瓶中，以水稀释至刻度，摇匀；邻二氮菲(1.5 g · L^{-1}，0.001 mol · L^{-1}新配制的水溶液)；盐酸羟胺(100 g · L^{-1}水溶液)(临用时配制)；醋酸钠溶液(1 mol · L^{-1})；HCl 溶液(6 mol · L^{-1})。

(三)实验内容

1. 邻二氮菲-Fe^{2+}的吸收曲线的绘制。取 0.1 mL 铁标样(100 μg · mL^{-1})注入 50 mL 容量瓶中，加入 1 mL 盐酸羟胺，摇匀，再加 2 mL 邻二氮菲，5 mL NaAc，用水稀释至刻度，以试剂空白溶液作参比，在 440～560 nm 之间每间隔 10 nm 测定一次吸光度(其中在 500～520 nm 范围内，每间隔 5 nm 测量一次吸光度；每调一次波长，都要重新调节分光光度计的 $T=0$ 和 $T=100\%$)。以波长为横坐标，以吸光度为纵坐标，绘制吸收曲线，确定最大吸收波长。

2. 标准曲线的绘制。移取 10 mL 铁标样(100 μg · mL^{-1})，加入 2 mL 6 mol · L^{-1} HCl 溶液定容于 100 mL 容量瓶中作待测液，在 6 个 50 mL 容量瓶中分别加入 0，2，4，6，8，10 mL 稀释的铁标准，加入 1 mL 盐酸羟胺，摇匀，再加 2 mL 邻二氮菲，5 mL NaAc，用水稀释至刻度，定容后放置 10 min，在最大吸收波长处分别测定吸光度。以铁的浓度为横坐标，以吸光度为纵坐标，绘制标准曲线。

3. 未知液中 Fe^{2+} 含量的测定。移取 1 mL 铁未知液两份于 50 mL 容量瓶中，加入 1 mL 盐酸羟胺，摇匀，再加 2 mL 邻二氮菲，5 mL NaAc，用水稀释至刻度，定容后放置 10 min，在最大吸收波长处测定吸光度，从标准曲线上查找 Fe^{2+} 含量。

四、磺基水杨酸显色法测定铁

(一)实验原理

磺基水杨酸是分光光度法测定铁的有机显色剂之一。磺基水杨酸（简式为 H_3R）与 Fe^{3+} 可以形成稳定的配合物，因溶液 pH 的不同，形成配合物的组成也不同。在 pH＝9～11.5 的 $NH_3 \cdot H_2O\text{-}NH_4Cl$ 溶液中，Fe^{3+} 与磺基水杨酸反应生成黄色配合物三磺基水杨酸铁：

$$HO\text{-}C_6H_3(COOH)\text{-}SO_3H + Fe^{3+} \longrightarrow \left[Fe \left[C_6H_3(COO^-)(O^-)(SO_3^-) \right]_3 \right]^{6-} + H^+$$

该配合物很稳定，试剂用量及溶液酸度略有改变都无影响。Ca^{2+}，Mg^{2+}，Al^{3+} 等与磺基水杨酸能生成无色配合物，在显色剂过量时，不干扰测定。F^-，NO_3^-，PO_4^{3-} 等对测定无影响。Cu^{2+}，Co^{2+}，Ni^{2+}，Cr^{3+} 等大量存在时干扰测定。由于 Fe^{2+} 在碱性溶液中易被氧化，所以本法所测定的铁实际上是溶液中铁的总含量。磺基水杨酸铁配合物在碱性溶液中的最大吸收波长为 420 nm，故在此波长下测量吸光度。

(二)仪器及药品

722 型分光光度计，10 mL 吸量管，50 mL 容量瓶，1 cm 比色皿。

磺基水杨酸溶液（$w=10\%$），贮于棕色瓶中；1∶10 氨水；铁标准溶液（$\rho=0.050\,0\ mg \cdot mL^{-1}$）：准确称取 0.108 0 g 的 $NH_4Fe(SO_4)_2 \cdot 12H_2O$ 溶于水，加硫酸 8 mL（$c(H_2SO_4)=3\ mol \cdot L^{-1}$），转移至 250 mL 容量瓶中，以水稀释至刻度，摇匀；NH_4Cl 溶液（$w=10\%$）。

(三)实验内容

1. 磺基水杨酸-Fe^{3+} 的吸收曲线的绘制。选用操作步骤 2 中编号 4 溶液，以试剂空白溶液作参比，在400～500 nm之间每增加10 nm测定一次吸光度(其中在400～450 nm范围内，每间隔5 nm测量一次吸光度；每调一次波长，都要重新调节分光光度计的$T=0$和$T=100\%$)。以波长为横坐标，以吸光度为纵坐标，绘制吸收曲线，确定最大吸收波长。

2.标准曲线的绘制。取6个洁净的50 mL容量瓶洗净，编号。用吸量管分别加入0.00，1.00，2.00，3.00，4.00，5.00 mL已知浓度为0.05 mg·mL^{-1}的铁标准溶液于1～6号容量瓶中，各加4 mL 10% NH_4Cl溶液和2 mL 10%磺基水杨酸溶液，滴加氨水(1∶10)直到溶液变黄色后，再多加4 mL，加水稀释至刻度，摇匀。用分光光度计于选定波长下，以试剂空白作参比溶液，调节透光度为100%，测出各标准溶液的吸光度。以吸光度为纵坐标，铁含量为横坐标，绘制工作曲线。

3.试液中铁含量的测定。用吸量管加待测试液3.00 mL两份于2个50 mL容量瓶中，在与标准溶液相同条件，按上述方法显色，测量其吸光度。从工作曲线中查得相应的铁含量，计算原试液中铁的含量。

思考题

1.怎样用分光光度法测定水样中的全铁和亚铁的含量?

2.在实验时，加入试剂的顺序能否任意改变？为什么?

3.加NH_4Cl的作用是什么?

4.为什么要用氨水滴至溶液呈黄色?

5.多加4 mL氨水的作用是什么?

实验十二　分光光度法测定磷

一、实验目的

(1)了解分光光度法测定磷的原理及方法。

(2)熟悉分光光度计的使用方法。

二、实验原理

在含磷的溶液中,加入钼酸铵,在一定酸度条件下,溶液中的磷酸与钼酸络合形成黄色的磷钼杂合酸——磷钼黄。

$$H_3PO_4 + 12H_2MoO_4 = H_3[PMo_{12}O_{40}] + 12H_2O$$

磷钼黄

在适宜的试剂浓度下,加入适当的还原剂($SnCl_2$ 或抗坏血酸),使磷钼酸中的一部分 Mo(Ⅵ)还原为 Mo(Ⅳ),生成磷钼蓝(磷钼杂多蓝)——$H_3PO_4 \cdot 10MoO_3 \cdot Mo_2O_5$ 或 $H_3PO_4 \cdot 8MoO_3 \cdot 2Mo_2O_5$。在一定的浓度范围内,蓝色的深度与磷含量成正比,这是钼蓝比色法的基础。

三、实验技术

参见第一部分实验四吸量管的使用、第一部分实验四容量瓶的使用及第二部分实验十一分光光度计的使用。

四、仪器及药品

722 型分光光度计,25 mL 容量瓶,吸量管,振荡机,漏斗,滤纸。

钼酸铵-硫酸溶液:溶解 25 g 钼酸铵于 200 mL 蒸馏水中,加热至 60℃左右,如有沉淀,将溶液过滤,待溶液冷却后,将 280 mL 浓硫酸慢慢倒入 400 mL 水中并冷却,然后把钼酸铵溶液加入硫酸溶液中并用玻璃棒迅速搅动,待溶液冷却至室温,用蒸馏水稀释至 1 L,充分摇匀,贮存于棕色瓶中。放置时间不得超过 2 个月。

氯化亚锡-40%丙三醇溶液:称取 6.8 g 氯化亚锡,加 60 mL 浓 HCl 完全溶解,稍加热,得透明溶液,加 30 mL 水,再加 40 mL 丙三醇,稀释至 300 mL,加一粒金属锡粒，置冷暗处。

磷标准溶液($50\ \mu g \cdot mL^{-1}$)：准确称取105℃烘干的KH_2PO_4 0.219 5 g，溶解于400 mL水中，加浓H_2SO_4 5 mL(防止溶液长霉菌)，转入1 L容量瓶中，加水稀释至刻度，摇匀。准确移取上述磷标准溶液25.00 mL于250 mL容量瓶中，稀释至刻度，摇匀，即为$5\ \mu g \cdot mL^{-1}$(此溶液不宜久存)。

五、实验内容

(一)测绘吸收曲线

移取6.00 mL磷标准溶液于50 mL容量瓶中，加水至25 mL左右，加入2.5 mL钼酸铵-硫酸混合溶液。滴加$SnCl_2$试剂4滴，摇匀后用水稀释至刻度，以试剂空白溶液作参比，在420～720 nm之间每间隔10 nm测定一次吸光度(其中在660～720 nm范围内，每间隔5 nm测量一次吸光度；每调一次波长，都要重新调节分光光度计的$T=0$和$T=100\%$)。以波长为横坐标，以吸光度为纵坐标，绘制吸收曲线，确定最大吸收波长。

(二)时间-吸光度曲线

取A,B两个50 mL容量瓶，A中加入磷标准溶液4 mL后再分别向两个容量瓶中加蒸馏水25 mL左右及2.5 mL钼酸铵-硫酸混合液，摇匀后，加入$SnCl_2$溶液4滴，摇匀后用水稀释至刻度。立即以B瓶中溶液为参比，在690 nm波长下测A瓶中的吸光度，以后每隔3 min测一次至1 h后停止测量。以时间为横坐标，吸光度为纵坐标作图，确定显色时间。

(三)工作曲线的制作

分别准确移取$5\ \mu g \cdot mL^{-1}$磷标准溶液0,2.00,4.00,6.00,8.00,10.00 mL加入1～6号50 mL容量瓶中，再量取未知磷试液5.00 mL两份分别放入7～8号容量瓶中。按测绘吸收曲线的步骤加入试剂溶液并摇匀，稀释定容。根据确定的显色时间显色，选定波长下以试剂空白为参比一次测定溶液的吸光度。绘制标准曲线，并从标准曲线上查出试样中磷的含量。

六、注意事项

用二氯亚锡作还原剂生成磷钼盐，溶液的颜色不够稳定，必须严格控制比色时间，一般在显色后的15～20 min内颜色较为稳定，显色后应准确放置15 min后，立即比色，并在5 min内完成比色操作。

思考题

1. 试述本实验测定磷的基本原理。
2. 测定吸光度为什么一般选择在最大吸收波长下进行?
3. 二氯亚锡溶液放置过久对实验有什么影响?

实验十三　电位滴定法测定醋酸含量及其解离常数

一、实验目的

(1)通过醋酸的电位滴定,掌握电位滴定的基本操作和滴定终点的计算方法。

(2)学习测定弱酸常数的原理和方法,巩固弱酸离解平衡的基本概念。

二、实验原理

电位滴定法是在滴定过程中根据电位差或溶液的 pH 突跃来确定终点的方法。在酸碱电位滴定过程中,随着滴定剂的不断加入,被测物与滴定剂发生反应,溶液 pH 不断变化,就能确定滴定终点。滴定过程中,每加一次滴定剂,测一次 pH,在接近化学计量点时,每次滴定剂加入量要小到 0.10 mL,滴定到超过化学计量点为止。这样就得到一系列滴定剂用量 V 和相应的 pH 数据。

三、实验技术

酸度计由电极,高阻抗直流放大器,功能调节器(斜率和定位),数字电压表,电源(DC/DC 隔离电源),温度调节装置等组成。pH 指示电极、参比电极、被测试液组成测量电池。指示电极的电位随被测溶液的 pH 变化而变化,而参比电极的电位不随 pH 的变化而变化,它们符合能斯特方程中电位 E 与离子浓度之间的关系。

(一)pHS-2C 型酸度计使用方法

(1)在测定溶液 pH 时,将功能开关拨至 pH 位置。

(2)仪器接通电源预热 30 min(预热时间越长越稳定)后,将电极放入 pH 6.86 标准缓冲溶液中平衡一段时间(主要考虑电极电位的平衡),将斜率调至最大,待读数稳定后,调节定位调节器,使仪器显示 6.86。

用蒸馏水冲洗电极并用吸水纸擦干后,插入 pH 4.00 标准缓冲溶液中,待读数稳定后,调节斜率调节器,使仪器显示 4.00。仪器就校正完毕。

一旦仪器校正完毕,“定位”和“斜率”调节器不得有任何变动。

(3)用蒸馏水冲洗电极并用吸水纸擦干后,插入试样溶液中进行测量。

若测定偏碱性的溶液,应用 pH 6.86 标准缓冲溶液(第一种)和 pH 9.18 标准缓冲溶液(第二种)来校正仪器。

为了保证 pH 的测量精度，每次使用前必须用标准溶液加以校正。注意校正时标准溶液的温度与状态(静止还是流动)和被测液的温度与状态应尽量一致。在使用过程中，遇到下列情况时仪器必须重新标定：①换用新电极；②“定位”或“斜率”调节器变动过。

(二)使用注意事项

(1)在使用复合电极时，溶液一定要超过电极头部的陶瓷孔。电极头部若沾污可用医用棉花轻擦。

(2)用标准缓冲溶液校正时，首先要保证标准缓冲溶液的精度，否则将引起严重的测量误差。

(3)忌用浓硫酸或铬酸洗液洗涤电极的敏感部分。不可在无水或脱水的液体(如四氯化碳、浓酒精)中浸泡电极，不可在碱性或氟化物的体系，黏土及其他胶体溶液中放置时间过长，以致响应迟钝。

(4)常温电极一般在 5～60℃温度范围内使用。如果在低于 5℃或高于 60℃时使用，请分别选用特殊的低温电极或高温电极。

四、仪器及药品

pHS-2C 型酸度计，复合电极，50 mL 碱式滴定管，100 mL 小烧杯，25.00 mL 移液管。

0.05 $mol \cdot L^{-1}$ HAc，1 $mol \cdot L^{-1}$ KCl，0.100 0 $mol \cdot L^{-1}$ NaOH 标准溶液，pH=4.00(25℃)的标准缓冲溶液。

五、实验内容

1.用 pH =4.00(25℃)的缓冲溶液校正 pHS-2C 型酸度计。

2.准确吸取醋酸试液 25.00 mL 于 100 mL 小烧杯中，用 0.100 0 $mol \cdot L^{-1}$ NaOH 标准溶液进行滴定，滴定开始时每间隔 1.0 mL 读数一次，待到化学计量点附近时间隔 0.10 mL 读数一次。记录数据。

六、数据处理

1.绘制 pH-V 和 $\left(\frac{\Delta pH}{\Delta V}\right)$-$V$ 曲线，分别确定滴定终点 V。

2.用二级微商法由内插法确定终点 V，并计算醋酸浓度。

3. 由 1/2V 法计算 HAc 的解离常数 $K_a^{\ominus}$，并与文献值比较，分析产生误差的原因。

思考题

1. 用电位滴定法确定终点与指示剂法相比有何优缺点？

2. 当醋酸完全被氢氧化钠中和时，反应终点的 pH 是否等于化学计量点？为什么？

实验十四　氯离子选择电极测定自来水中的氯离子含量

一、实验目的

(1)了解离子选择性电极的主要特征，掌握离子选择性电极法测定的原理、方法及操作技术。

(2)掌握测定自来水中氯离子含量的标准曲线法。

二、实验原理

离子选择性电极是一种电化学传感器，它对特定的离子有电位响应。根据能斯特公式，电势值与离子浓度成正比。氯离子选择电极对氯离子在 $5\times10^{-5}\sim5\times10^{-2}$ 有线性关系，利用标准曲线法可测定试样中氯的含量。

三、实验技术

酸度计的基本结构、原理见第二部分实验十三。使用方法、使用注意事项等见下面的使用说明。

四、仪器及药品

pHS-3C 型酸度计、电磁搅拌器、复合电极、容量瓶、移液管。

氯离子标准溶液，TISAB 溶液，氯离子待测溶液。

五、实验内容

(一)仪器的准备

按酸度计操作步骤调试仪器，选择 mV 键，检查甘汞电极是否充满 KCl 溶液，若未充满，应补充饱和 KCl 溶液，并用皮筋将套管连接在甘汞电极上。

(二)离子选择性电极的准备

接通电源，预热 20 min，校正仪器，调仪器零点。氯电极接仪器负接线柱，饱和甘汞电极接仪器正接线柱。将电极插入蒸馏水中，测定之前，需用去离子水洗电极洗至空白电位。

(三)标准溶液配制

取 7 个干净的 50 mL 容量瓶,按顺序编号,每瓶中各加 1.0 mL TISAB 溶液。准确吸取氯离子标准溶液 0.50,1.00,2.50,5.00,10.00 mL 于 1～5 号瓶中,用蒸馏水稀释至刻度线,配制成标准溶液。6,7 号瓶中加入自来水至刻线。摇匀待测。

(四)电位测定

将准备好的标准溶液转移到烧杯中,浸入参比电极和指示电极,用电磁搅拌器搅拌 2～3 min 后,停止搅拌,待指针稳定后读取电势值。由低浓度到高浓度分别测定电位值,这样在转移溶液时电极不必用水冲洗,仅用滤纸吸去附着溶液即可。

将电极用水冲洗,使其在蒸馏水中的电极电势与起始的空白值接近,再测自来水样电势值。

思考题

在离子选择电极法测定中,为什么要调节离子强度?

第三部分

综 合 实 验

实验一　农药波尔多液中铜含量的测定

一、实验目的

(1)掌握 $Na_2S_2O_3$ 溶液的配制及保存方法。

(2)掌握间接滴定法标定 $Na_2S_2O_3$ 溶液的方法、反应原理及反应条件。

(3)了解农药波尔多液的组成和基本性质。

(4)掌握间接碘量法测定农药波尔多液中 Cu^{2+} 含量的基本原理和方法。

二、实验原理

波尔多液是一种保护性杀菌剂。有效成分为碱式硫酸铜,化学式是 $Cu_2(OH)_2CO_3$,配制波尔多液要选质纯、色白的块状石灰和质纯、蓝色结晶的硫酸铜。好的波尔多液呈天蓝色,略带黏性,质地很细,沉淀速度较慢,是一种悬浊的药液,呈碱性。放置一定时间后,发生沉淀,超过 24 h 后易变质,不宜使用。波尔多液杀菌的主要成分是 Cu^{2+},含量的测定采用间接碘量法。

一定量处理过的波尔多试样,加入过量的 KI,使 Cu^{2+} 与 I^- 作用生成难溶性 CuI 沉淀,并析出一定量的 I_2,然后再用 $Na_2S_2O_3$ 标准溶液滴定析出的 I_2。其反应为

$$2Cu^{2+} + 5I^- \rightleftharpoons 2CuI\downarrow + I_3^-$$

$$I_2 + 2S_2O_3^{2-} \rightleftharpoons 2I^- + S_4O_6^{2-}$$

由于 CuI 沉淀表面吸附 I_2,会使测定结果偏低。为了减少 CuI 对 I_2 的吸附,在滴定快到终点时加入 KSCN,使 CuI 沉淀($K_{sp}=1.1\times10^{-12}$)转化为溶解度更小的 CuSCN 沉淀($K_{sp}=4.8\times10^{-15}$)。

$$CuI + SCN^- \rightleftharpoons CuSCN\downarrow + I^-$$

生成的 CuSCN 沉淀吸附 I_2 的倾向较小,使反应终点变得更加明显,提高了分析结果的准确度。

为了防止 Cu^{2+} 的水解及 I_2 的歧化,反应必须在 pH=3～4 的弱酸性溶液中进行。酸度过低,反应速度慢,滴定终点拖长,使测定结果产生误差;酸度过高,Cu^{2+}

对 I^- 被空气氧化为 I_2 的反应有催化作用，而使测定结果偏高。由于 Cu^{2+} 易与 Cl^- 形成配离子，因此酸化时常用 H_2SO_4 或 HAc，不宜用 HCl 和 HNO_3。

硫代硫酸钠（$Na_2S_2O_3\cdot 5H_2O$）容易风化，且含有少量杂质（如 S，Na_2SO_4，NaCl，Na_2CO_3）等，配制的溶液不稳定、易分解，因此先配制所需近似浓度的溶液，加少量 Na_2CO_3（约为 0.2 $g\cdot L^{-1}$）放置一定时间，待溶液稳定后，再进行标定。标定 $Na_2S_2O_3$ 溶液多用 $K_2Cr_2O_7$ 基准物，反应式为

$$Cr_2O_7^{2-} + 9I^- + 14H^+ = 3I_3^- + 2Cr^{3+} + 7H_2O$$

析出的 I_2，用 $Na_2S_2O_3$ 溶液滴定：

$$I_2 + 2S_2O_3^{2-} \rightleftharpoons 2I^- + S_4O_6^{2-}$$

用淀粉作指示剂，通常在 0.5～1.0 $mol\cdot L^{-1}$ 的酸度下放置 5 min，滴定时还要适当降低酸度，抑制淀粉的水解。滴定至近终点时加指示剂，继续滴定至蓝色消失，溶液呈亮绿色为终点。

三、实验技术

具体实验技术参见第一部分实验一分析天平的使用，第一部分实验二滴定管的准备、使用及滴定基本操作及第一部分实验四移液管的使用。

四、仪器及药品

分析天平，1 000 mL 烧杯，10 mL 量筒，洗瓶，250 mL 碘量瓶，玻璃棒，50 mL 酸式滴定管，25 mL 移液管，滴定装置。

固体 $Na_2S_2O_3\cdot 5H_2O$，10% KI 溶液，0.02 $mol\cdot L^{-1}$ $K_2Cr_2O_7$ 标准溶液，H_2SO_4 溶液（3 $mol\cdot L^{-1}$），5%淀粉溶液，固体 Na_2CO_3，10%KSCN 溶液，经过处理的农药波尔多试液。

五、实验内容

1. 0.02 $mol\cdot L^{-1}$ $K_2Cr_2O_7$ 标准溶液的配制（见第二部分实验十 $K_2Cr_2O_7$ 溶液的配制）。

2. $Na_2S_2O_3$ 标准溶液 $c(Na_2S_2O_3)=0.1\ mol\cdot L^{-1}$ 的配制：称取 $Na_2S_2O_3\cdot 5H_2O$（请自行计算称量范围）溶于 500 mL 水中（新鲜煮沸并冷却至室温的蒸馏水），加入一定量的固体 Na_2CO_3，放置 1 周后再标定。

3. $Na_2S_2O_3$ 标准滴定溶液的标定：用移液管移取 25.00 mL $K_2Cr_2O_7$ 标准溶

液于碘量瓶中，加入 10 mL H_2SO_4 溶液（3 mol·L^{-1}），20 mL 10%KI 溶液，加盖摇匀，水封。放置在暗处 5 min 后，加水稀释至 100 mL，立即用 $Na_2S_2O_3$ 标准溶液滴定红棕色溶液至浅黄绿色，加入淀粉指示剂 5 mL 后，继续滴定至蓝色刚好消失，溶液呈亮绿色为终点。平行滴定 3 份，所耗 $Na_2S_2O_3$ 溶液体积极差应小于 0.03 mL。计算 $Na_2S_2O_3$ 标准溶液的准确浓度。

4. 农药波尔多试液中铜含量的测定：移取 50.00 mL 待测试液置于锥形瓶中，加入 10 mL 10%KI 溶液，立即用 $Na_2S_2O_3$ 标准溶液滴定黄褐色溶液至浅黄色，加入淀粉指示剂 5 mL 后，继续滴定至浅蓝色，再加入 10 mL 10%KSCN 溶液，摇动几次后继续滴定至蓝色消失（此时为浅粉色悬浊液）。平行测定两份，计算试液中铜的含量。测定结果相对相差不得大于 0.3%。

思考题

1. 要使 $Na_2S_2O_3$ 标准溶液的浓度比较稳定，应该如何配制和保存溶液？

2. 加入 KI 后为何要在暗处放置 5 min？

3. 为什么不能在滴定一开始就加入淀粉指示液，而要在溶液呈黄绿色时加入？黄绿色是什么物质的颜色？

4. 碘量法滴定到终点后溶液很快变蓝说明什么问题？如果放置一段时间后变蓝又说明什么问题？

5. 测定铜含量时加入 KI 为何要过量？加入 KSCN 的作用是什么？为什么要在临近终点时加？

6. 在测定铜含量的时候，为什么溶液要保持弱酸性？

实验二　三草酸合铁(Ⅲ)酸钾的制备及其组成的确定

一、实验目的

(1)了解三草酸合铁(Ⅲ)酸钾的制备方法。

(2)测定三草酸合铁(Ⅲ)酸钾的配离子电荷。

(3)试验三草酸合铁(Ⅲ)酸钾的光化学性质。

(4)掌握三草酸合铁化合物中 $C_2O_4^{2-}$ 和 Fe^{3+} 的分析原理及操作方法。

二、实验原理

(一)三草酸合铁(Ⅲ)酸钾的制备和性质

三草酸合铁(Ⅲ)酸钾是制备负载型活性铁催化剂的主要原料，也是一种很好的有机反应催化剂，因而有工业生产价值。有多种合成三草酸合铁(Ⅲ)酸钾的方法。本实验用氢氧化铁和草酸氢钾反应，产物结晶为 $K_3[Fe(C_2O_4)_3]\cdot 3H_2O$ 绿色单斜晶体，溶于水难溶于乙醇。110℃失去结晶水，230℃分解。该配合物对光敏感，在日光直照或强光下分解成草酸亚铁，遇铁氰化钾生成腾氏蓝。有关反应为

$$Fe(OH)_3+3KHC_2O_4=K_3[Fe(C_2O_4)_3]\cdot 3H_2O$$

$$2K_3[Fe(C_2O_4)_3]=2FeC_2O_4+3K_2C_2O_4+2CO_2\text{(日光直照)}$$

$$FeC_2O_4+K_3[Fe(CN)_6]=KFe[Fe(CN)_6]+K_2C_2O_4$$

因此在实验室中可用三草酸合铁(Ⅲ)酸钾制作感光纸，进行感光实验。

(二)产品的组成分析

试样用稀硫酸溶解，铁以 Fe^{3+} 形式存在于溶液中。用高锰酸钾标准溶液滴定试样中的 $C_2O_4^{2-}$，此时 Fe^{3+} 不干扰测定。滴定 $C_2O_4^{2-}$ 后的溶液用锌粉还原 Fe^{3+} 为 Fe^{2+}。过滤除去过量的锌粉，使用高锰酸钾标准溶液滴定 Fe^{2+}。通过消耗高锰酸钾标准溶液的体积及浓度计算 Fe^{3+} 和 $C_2O_4^{2-}$ 的含量。

通过试样中 Fe^{3+} 和 $C_2O_4^{2-}$ 的含量确定化合物中 Fe^{3+} 和 $C_2O_4^{2-}$ 之比，得到合成产物的组成。

利用电导法测定配合物的离子个数，可以确定配合物的电荷数。将含有1 mol

电解质的溶液全部置于相距为 1 cm 的两极之间，在这样的条件下，两极之间的电导率称为摩尔电导，用 Λ_m 表示：

$$\Lambda_m = L \times 1\,000 / c \times 10^{-6} \times Q$$

式中：L 为所测溶液电导率；c 为所测溶液浓度，$mol \cdot L^{-1}$；Q 为电极常数。

三、实验技术

参见第一部分实验一分析天平的使用，第一部分实验二滴定管的准备、使用及滴定基本操作及第一部分实验四容量瓶的使用。

四、仪器及药品

天平、台秤、电导率仪、吸滤装置、容量瓶、烧杯、量筒、蒸发皿。

$NaOH$($2\ mol \cdot L^{-1}$)，H_2O_2(6%)，$KMnO_4$ 标准溶液，硫酸($3\ mol \cdot L^{-1}$，$0.2\ mol \cdot L^{-1}$)，锌粉，$(NH_4)_2Fe(SO_4)_2 \cdot 6H_2O$ 固体，K_2CO_3 固体，$K_3[Fe(CN)_6]$固体，$H_2C_2O_4 \cdot 2H_2O$ 固体，乙醇。

五、实验内容

(一)制备氢氧化铁

称取 2 g 莫尔盐$(NH_4)_2Fe(SO_4)_2 \cdot 6H_2O$，加约 50 mL 水配成溶液，在水溶液加热和搅拌下，滴加约 10 mL $2\ mol \cdot L^{-1}$ $NaOH$ 溶液生成沉淀。为加速反应，滴加 6% H_2O_2，当变为棕色后，再煮沸，稍冷后用双层滤纸吸滤，用少量水洗2～3次，得 $Fe(OH)_3$。

(二)制备草酸氢钾

在约 20 mL 水中溶解 2 g $H_2C_2O_4 \cdot 2H_2O$ 后分 2 次加入 1.2 g K_2CO_3，生成 KHC_2O_4 溶液。

(三)制备三草酸合铁(Ⅲ)酸钾

将 KHC_2O_4 水浴加热，加入 $Fe(OH)_3$，水浴加热 20 min，观察溶液的颜色(若颜色不是黄绿色，可能是反应物比例不合适或 $Fe(OH)_3$ 未洗净，可找实验指导教师帮助解决)。大部分 $Fe(OH)_3$ 溶解后，稍冷，吸滤。用蒸发皿将滤液浓缩到原体积的 1/2 左右，用水彻底冷却。待大量晶体析出后吸滤，并用少量乙醇洗晶体一次，用滤纸吸干，称重，计算产率。

(四)配离子电荷的确定

称取合成产物 0.1 g,在 100 mL 容量瓶内配成溶液。在电导率仪上测其电导率,然后求出摩尔电导 Λ_m 并与下列数据比较不同离子数配合物的电导率:

离子数	2	3	4	5
$\Lambda_m/(S \cdot m^2 \cdot mol \cdot L^{-1})$	118～131	235～273	408～435	≈560

根据电导率,确定配合物的电荷数,内界和外界,写出配合物结构式。

(五)光化学性质

按 1 g $(NH_4)_2Fe(SO_4)_2 \cdot 6H_2O$,1.3 g $K_3[Fe(CN)_6]$加水 10 mL 的比例配成溶液,涂在纸上即成感光纸,附上图案或照相底板在日光直照下(数秒)或红外灯下,曝光部分呈蓝色,即得到蓝底白线的图案。

(六)配合物组成分析

差减法准确称取约 1.0 g 合成的三草酸合铁酸钾绿色晶体于烧杯中,加入 25 mL 3 mol·L^{-1}硫酸使之溶解,再转移至 250 mL 容量瓶中,稀释至刻度,摇匀,静置。

移取 25 mL 试液于锥形瓶中,加入 20 mL 3 mol·L^{-1}硫酸,放在水浴箱中加热 5 min(75～85℃),用高锰酸钾标准溶液滴定到溶液呈浅粉色,30 s 不褪色即为终点,记下读数。

往滴完 $C_2O_4^{2-}$ 的锥形瓶中加 1 g 锌粉,5 mL 3 mol·L^{-1}硫酸,摇动 8～10 min 后,过滤除去过量的锌粉,滤液用另一个锥形瓶承接。用约 40 mL 0.2 mol·L^{-1} 硫酸溶液洗涤原锥形瓶和沉淀,然后用高锰酸钾标准溶液滴定到溶液呈浅粉色,30 s 不褪色即为终点,记下读数。平行测定 3 次。

六、数据处理

1. 计算合成产物的质量和理论质量计算产率。
2. 确定化合物组成(质量分数)。
3. 根据 Fe^{3+} 和 $C_2O_4^{2-}$ 物质的量之比确定合成的配合物的组成。

思考题

1. 由莫尔盐制取氢氧化铁时加 6% H_2O_2,变棕色后为什么还要煮沸溶液?
2. 写出$[Fe(C_2O_4)_3]^{3-}$的结构式。
3. 在配制三草酸合铁(Ⅲ)酸钾溶液进行实验时,要特别注意什么?
4. 本实验测定 Fe^{3+} 和 $C_2O_4^{2-}$ 的原理是什么?
5. 除本实验方法外,还可用什么方法测出两种组分的含量?

实验三　大豆中钙、镁、铁含量的测定

一、实验目的

(1)掌握滴定分析法、分光光度法等分析测试方法的综合运用。

(2)了解大豆试样的预处理方法，掌握大豆中钙、镁、铁的综合测定、分析方法。

(3)掌握实际试样中排除干扰离子的实验技术。

(4)掌握分光光度计的使用方法。

(5)能够运用学过的知识设计相关试样中钙、镁、铁的综合测试方案，提高分析问题和解决实际问题的能力。

二、实验原理

大豆又称黄豆，是“豆中之王”，有“植物肉”及“绿色牛乳”的美称，营养成分十分丰富。大豆含有大量的生物活性物质，如：蛋白质、脂肪、膳食纤维、碳水化合物以及维生素 A、维生素 B_1、维生素 B_2、维生素 B_{12}、维生素 D、维生素 E 和烟酸、叶酸、生物酸、胆碱、泛酸、唾液酸、亚叶酸等。大豆还含有大豆黄酮苷、颜料木苷、大豆皂苷以及钙、磷、镁等矿物质成分，还含有铁、钼、锰、锌、硒等微量元素，其中钾的含量比其他粮食品种中都多。

大豆中的不饱和脂肪酸能防止血液胆固醇在动脉壁上的沉积，是防治冠心病、高血压和动脉粥样硬化等心血管疾病的理想食品。大豆中的磷脂可使沉积在血管壁上的胆固醇发生逆转，起到软化血管的作用，还可防止脂肪在肝胆内的存积。

大豆干试样经粉碎、灰化、灼烧、酸提后，可采用配位滴定法，以 EDTA 为滴定剂，在碱性(pH＝12)条件下，以钙指示剂指示终点，滴定至溶液由紫红色变蓝色，测定试样中的钙含量。大豆中镁的含量，可在 NH_3-NH_4Cl 缓冲溶液中(pH＝10)，以铬黑 T 为指示剂，用 EDTA 滴定至溶液由紫红色变蓝色为终点，与钙含量差减计算得到。而铁的含量则用邻二氮菲分光光度法测定。

三、实验技术

EDTA 滴定 Ca^{2+}，Mg^{2+} 的方法很多，通常根据被测物质复杂程度的不同而采用不同的分析方法。本实验采用直接滴定法。

1. Ca^{2+}含量的测定。取一份试液，用 NaOH 调节溶液的 pH≈12，Mg^{2+}生成 $Mg(OH)_2$ 沉淀析出，不干扰 Ca^{2+}的测定。加入钙指示剂，此时溶液呈红色。滴入的 EDTA 与溶液中游离的 Ca^{2+}配位，接近化学计量点时，EDTA 夺取和指示剂配位的 Ca^{2+}，游离出指示剂，溶液由紫红色变为蓝色，指示终点的到达，设消耗 EDTA 的体积为 V_1。由消耗标准溶液的体积和浓度计算钙的含量。

2. 钙、镁总量的测定。另取一份试液，以铬黑 T 为指示剂，用 NH_3-NH_4Cl 缓冲溶液调节溶液的 pH≈10，在此条件下，Ca^{2+}，Mg^{2+}均可被 EDTA 滴定。滴入的 EDTA 首先和 Ca^{2+}配位，然后和 Mg^{2+}配位，最后夺取与铬黑 T 结合的 Mg^{2+}，使指示剂游离出来，溶液从红色经紫色变为蓝色，指示终点的到达，设消耗 EDTA 的体积为 V_2。

当试液中 Mg^{2+}的含量较高时，形成大量的 $Mg(OH)_2$ 沉淀吸附钙，从而使钙的结果偏低，镁的结果偏高，加入糊精可基本消除吸附现象。

滴定时试样中 Fe^{3+}，Al^{3+}等干扰，可用三乙醇胺掩蔽。Cu^{2+}，Zn^{2+}，Pb^{2+}等的干扰可用 Na_2S 或 KCN 掩蔽。

邻二氮菲(又称邻菲罗琳)是测定微量铁的一种较好的试剂。在 pH 2～9 的溶液中，邻二氮菲与 Fe^{2+}生成稳定的橙红色络合物，$\lg K_f=21.3$，摩尔吸光系数为 1.1×10^4 L·mol^{-1}·cm^{-1}，形成的络合物最大吸收峰为 510 nm。这一方法选择性高，相当于铁含量 40 倍的 Sn^{2+}，Al^{3+}，Ca^{2+}，Mg^{2+}，Zn^{2+}，SiO_3^{2-}，20 倍的 Cr^{3+}，Mn^{2+}，V^{5+}，PO_4^{3-}，5 倍的 Co^{2+}，Cu^{2+}等不干扰测定。

3. 具体实验技术。参见第一部分实验一分析天平的使用，第一部分实验二滴定管的准备、使用及滴定基本操作及第一部分实验四移液管的使用，第一部分实验四容量瓶的使用。

4. 注意事项。

(1)加入指示剂的量要适宜，过多或过少都不易辨认终点。

(2)滴定 Ca^{2+}接近终点时要缓慢，并充分摇动溶液，避免 $Mg(OH)_2$ 沉淀吸附 Ca^{2+}而引起钙结果偏低。

(3) 盐酸、氢氧化钠具有腐蚀性，避免直接接触；乙醇易燃，避免明火；高温炉在使用中注意避免被灼伤。

四、仪器及药品

分析天平，烘箱，蒸发皿，粉碎机，马弗炉，瓷坩埚，容量瓶(250 mL)，移液管，锥形瓶(250 mL)，烧杯(250，100 mL)，滴定管，吸量管，比色管(50 mL)，比色皿(1 cm)，分光光度计。

0.005 mol·L^{-1} EDTA 溶液，20% NaOH，pH=10 的 NH_3-NH_4Cl 缓冲溶液，1∶3 三乙胺，1∶1 HCl，钙指示剂（配成 1∶100 氯化钠固体粉末），1 g·L^{-1} 铬黑 T 指示剂（称取 0.1 g 铬黑 T 溶于 75 mL 三乙醇胺和 25 mL 乙醇中），基准 $CaCO_3$，铁标准溶液（100 μg·mL^{-1}），0.15%邻二氮菲，10%盐酸羟胺，1 mol·L^{-1} NaAc 溶液。

五、实验内容

1. 试样准备。大豆试样用粉碎机粉碎后，称取 10～15 g，在煤气炉上（或电炉上）灰化、炭化完全，置于马弗炉中，于 650℃ 灼烧 2 h。取出冷却后，加入 10 mL 1∶1 HCl 溶液浸泡 20 min，不断搅拌，静置沉降，过滤，用 250 mL 容量瓶承接，用蒸馏水洗沉淀、蒸发皿数次。定容、摇匀，待用。

2. 0.005 mol·L^{-1}EDTA 标准溶液的配制（参见第二部分实验六）。

3. 试样中钙、镁含量的测定。试样中钙含量的测定：用移液管移取上述制备液 20.00 mL 于锥形瓶中，加 5 mL 1∶3 三乙胺，加水至 100 mL，加 20% NaOH 溶液 5～6 mL，加钙指示剂，用 EDTA 标准溶液滴定至溶液由紫红色变蓝色为终点，记下 EDTA 体积 V_1(EDTA)，平行实验做 3 次。

试样中钙、镁含量的测定：用移液管移取上述制备液 20.00 mL 于锥形瓶中，加 5 mL 1∶3 三乙胺，加水至 100 mL，加 15 mL pH=10 的 NH_3-NH_4Cl 缓冲溶液，4～5 滴铬黑 T 指示剂，用 EDTA 标准溶液滴定至溶液由红色经紫色变蓝色为终点，记下 EDTA 体积 V_2(EDTA)，平行实验做 3 次。

钙、镁含量减去钙含量即可得镁含量。

4. 邻二氮菲分光光度法测定试样中的铁含量。标准曲线的制作：在 6 个 50 mL 比色管中，用吸量管分别加入 0.00，0.20，0.40，0.60，0.80，1.00 mL 100 μg·mL^{-1}铁标准溶液，分别加入 1.0 mL 盐酸羟胺，2.0 mL 邻二氮菲，5.0 mL NaAc 溶液，每加入一种试剂都要摇匀。用水稀释至刻度，放置 10 min。用 1 cm 比色皿，以试剂空白为参比，于 510 nm 处测量各溶液的吸光度。以铁含量为横坐标，吸光度为纵坐标绘制工作曲线。

试样中铁含量的测定：准确移取适量试样制备液于比色皿中，以下按标准曲线操作步骤显色、测定其吸光度值，在工作曲线上查出试样中铁的含量。

思考题

1. 如何判断试样已灼烧完全？如何判断加 1∶1 HCl 提取试样时钙、铁已提取完全？提取完成后留下的物质是什么？

2. 请写出有关成分含量的计算公式。

3. 邻二氮菲测定铁时，为什么要加盐酸羟胺和醋酸钠溶液？

4. 读取吸光度数值时，应读到几位有效数字？

5. 为何要控制溶液的 pH？

6. 标定 EDTA 时，加 NaOH 起什么作用？

7. 本实验中，是否有其他缓冲液能替代氨-氯化铵缓冲溶液？

实验四　离子交换层析法分离铁和钒

一、实验目的

(1)了解离子交换树脂的基本性质。

(2)了解离子交换层析法分离铁和钒的原理。

(3)掌握离子交换层析的操作方法。

二、实验原理

离子交换树脂是一类高分子聚合物，其中有不同类型的活性基团(通常为酸性或碱性基团)，在水溶液中能离解出阳离子(如 H^+ 或 Na^+)或阴离子(如 OH^- 或 Cl^-)，树脂中的离子可被溶液中的其他离子或基团交换，从而达到将溶液中的离子分离出来的目的。

离子交换树脂不溶于水和一般溶剂，机械强度较高，化学性质很稳定，一般情况下有较长的使用寿命。

根据化学活性基团的不同，离子交换树脂分为阳离子树脂和阴离子树脂两大类，可分别与溶液中的阳离子和阴离子进行离子交换。阳离子树脂又分为强酸型和弱酸型两类，阴离子树脂又分为强碱型和弱碱型两类。

离子交换法应用于同性电荷离子的分离，根据各种离子对树脂亲和力的不同，可以将几种阳离子或几种阴离子进行分离。亲和力的大小与离子的性质、树脂的种类及溶液的组成有关。水合离子半径越小、电荷越高，激化能力越强，与树脂的亲和力越大。

常温下、较稀溶液中，离子交换树脂对离子的亲和力顺序有一定规律。

(一)强酸型阳离子交换树脂

强酸型树脂含有大量的强酸性基团，如磺酸基—SO_3H，在溶液中易离解出 H^+，呈强酸性，这些基团上的 H^+ 与溶液中的阳离子进行交换。强酸型树脂的离解能力很强，在酸性或碱性溶液中均能离解和产生离子交换作用，交换速度快、应用范围广。

(1)离子的电荷越高,与树脂的亲和力越强。例如:

$(CH)_4N^+ < H^+ < Na^+ < NH_4^+ < K^+ < Mg^{2+} < Ca^{2+} < Cu^{2+} < Zn^{2+} < Al^{3+} < Fe^{3+} < Th^{4+}$

(2)电荷数相同的离子与树脂的亲和力随着水合离子半径减小而增大。例如:

$Li^+ < H^+ < Na^+ < NH_4^+ < K^+ < Rb^+ < Cs^+ < Ag^+ < Tl^+$

$Mg^{2+} < Zn^{2+} < Co^{2+} < Cu^{2+} < Cd^{2+} < Ni^{2+} < Ca^{2+} < Sr^{2+} < Pb^{2+} < Ba^{2+}$

(二)弱酸型阳离子交换树脂

含弱酸性基团,如羧基—COOH,$—C_6H_4OH$ 等的树脂,能在水中离解出 H^+ 而呈酸性。树脂离解后余下的负电基团,如 $R—COO^-$(R 为碳氢基团),能与溶液中的其他阳离子吸附结合,产生阳离子交换作用。弱酸型阳离子树脂的酸性较弱、离解度较小,在碱性、中性或微酸性(如 pH 5~14)溶液中起作用。

(三)强碱型阴离子交换树脂

含有强碱性基团,如$—NR_3OH$(R 为碳氢基团),在水中能离解出 OH^- 而呈强碱性。强碱型树脂的正电基团能与溶液中的阴离子吸附结合,从而产生阴离子交换作用。这种树脂的离解性很强,可在不同 pH 下使用。

强碱型阴离子交换树脂与阴离子的亲和顺序为

$F^- < OH^- < CH_3COO^- < HCOO^- < H_2PO_4^- < Cl^- < NO_2^- < CN^- < Br^- < C_2O_4^{2-} < NO_3^- < HSO_4^- < I^- < CrO_4^{2-} < SO_4^{2-} <$ 柠檬酸根离子

(四)弱碱型阴离子交换树脂

含有弱碱性基团,如$—NH_2$,—NHR 或$—NR_2$,在水中能离解出 OH^-,呈弱碱性。这类树脂中的正电基团能与溶液中的阴离子吸附结合,产生阴离子交换作用。弱碱型阴离子树脂必须在 pH 较低的条件(如 pH 1~9)下使用。

弱碱型阴离子交换树脂与阴离子的亲和顺序为

$F^- < Cl^- < Br^- < I^- < CH_3COO^- < MnO_4^- < PO_4^{3-} < AsO_4^{3-} < NO_3^- <$ 酒石酸根离子 < 柠檬酸根离子 $< SO_4^{2-} < OH^-$

本实验根据离子交换树脂对 Fe^{3+} 与 VO^{2+} 亲和力的不同,用离子交换树脂法分离溶液中共存的铁和钒。

在 80～90℃，有硫酸存在下，先用亚硫酸钠将五价钒还原为四价钒，使其以 VO^{2+} 形式存在于溶液中。

$$V_2O_5 + Na_2SO_3 + 2H_2SO_4 = 2VOSO_4 + Na_2SO_4 + 2H_2O$$

将含有 VO^{2+} 与 Fe^{3+} 的混合溶液加到离子交换柱上。根据离子电荷愈高亲和力愈大的原则，离子交换树脂对 Fe^{3+} 的亲和力要比 VO^{2+} 大。Fe^{3+} 优先被交换，在交换柱中移动的速度慢，而 VO^{2+} 移动的快些。经过多次反复的交换、洗脱、再交换、再洗脱的过程，就可将 Fe^{3+} 和 VO^{2+} 分开。分别收取 Fe^{3+} 和 VO^{2+} 的流出液进行定量分析。

三、实验技术

(一)树脂预处理

将准备装柱使用的新树脂先用热水(可用清洁的自来水)反复清洗，阳离子交换树脂可用 70～80℃的热水，由于阴离子交换树脂的耐热性能差一些，可用 50～60℃热水清洗。浸洗时要不时搅动。开始浸洗时，每隔约 15 min 换一次水。换水 4～5 次后，可隔约 30 min 换一次水，总共换 7～8 次水，直至浸洗水不带褐色、泡沫很少时为止。

水洗后，还要进行酸碱处理。

1. 阳离子交换树脂处理步骤。

(1)用 1 mol·L^{-1} 盐酸缓慢流过树脂，用量为强酸型阳离子树脂体积的 2～3 倍，弱酸型阳离子树脂的 3～5 倍，流速为每小时 1.5 倍床层体积。

(2)用水冲洗，至流出液 pH≈5，然后用 3 倍于树脂体积的 5% NaCl 溶液流过树脂，流速同(1)。

(3)用 1 mol·L^{-1} NaOH 流过树脂，用量及流速同(1)。

(4)用水冲洗至流出液 pH ≈9。

(5)用 1 mol·L^{-1} 盐酸或硫酸，将树脂转成 H^+ 型，用量为树脂体积的 3～5 倍，流速同(1)。

(6)用去离子水冲洗，当流出液 pH ≈6 即可使用。

2. 阴离子交换树脂处理步骤。水洗后的阴离子交换树脂，可采用碱→酸→碱的处理次序，酸、碱用量及流速，强碱型树脂与强酸型树脂相对应，弱碱型树脂与弱酸型树脂相对应。

(二)树脂的再生处理

树脂在使用一段时间后,要进行再生处理,将树脂恢复到交换前的形式,这个过程叫树脂再生。用化学试剂使离子交换反应向相反方向进行,使树脂的官能基团回复原来状态,以供再次使用。有时洗脱过程就是再生。一般阳离子交换树脂可用 3 $mol \cdot L^{-1}$ HCl 处理,将其转化成 H^+ 型;阴离子交换树脂可用 1 $mol \cdot L^{-1}$ NaOH 处理,将其转化成 OH^- 型备用。

树脂再生操作步骤与树脂预处理相同。

(三)注意事项

(1)树脂颗粒不宜太大,否则分离效果不好。本实验用孔径为 0.11～0.076 mm 树脂。

(2)加到离子交换柱上的待分离混合液,色层以小于树脂层的 2/5 为宜。如果色层太长,淋洗时,还没等分离完全,混合液可能已经从柱下端流出,达不到分离目的。

(3)实验前要先检查所用试剂中是否含有 Fe^{3+},特别是 HCl,H_2SO_4 中。

(4)装柱要尽量均匀,柱面要水平,以保证色带界面整齐,以达到好的分离效果。

(5)每次加淋洗液时均不得破坏树脂层的水平面。要及时添加淋洗液,不得将树脂露出,防止树脂层内进空气,影响分离效果。

四、仪器及药品

离子交换柱、烧杯、细口瓶、坩埚、锥形瓶。

HCl(3,4,0.8 $mol \cdot L^{-1}$),NH_4SCN(20% 水溶液),$K_4[Fe(CN)_6]$(10 $mg \cdot mL^{-1}$水溶液),丁二酮肟(1% 的乙醇溶液),$FeCl_3$(1%),12 $mol \cdot L^{-1}$ H_2SO_4,$(NH_4)_2SO_4$,无水 Na_2SO_4。

五、实验内容

(一)准备工作

1.离子交换树脂。将强酸型阳离子交换树脂(孔径为 0.11～0.076 mm)用 3～4 $mol \cdot L^{-1}$盐酸处理成 H^+ 型,再用蒸馏水洗至中性,备用。

2.交换柱的制备。空柱洗净后,将一小块玻璃棉或泡沫塑料塞在柱的下端(不要太紧),柱内充满水,用玻璃棒轻轻压玻璃棉或泡沫塑料,逐出其中的气泡。打开活塞让水慢慢流出。将已处理好的强酸型阳离子交换树脂连水加入柱中(要防止混入气泡,树脂层中的气泡会阻碍溶液与树脂接触),直到树脂在柱中达10 cm为止。在装柱和以后的使用过程中,必须使树脂层始终浸泡在液面以下。装好后如果发现有气泡,可用足量的水淹没树脂层,以细长的玻璃棒小心搅动树脂以除去气泡。柱中树脂面应保持水平,树脂要装均匀。为了防止加试液时树脂被冲起,可在上面放一层玻璃丝。如果仍不解决问题,则应重新装柱。树脂全部装入柱内后,再用蒸馏水洗树脂至流出液为中性。

3. 配制 Fe^{3+} 溶液。称取 30 g $(NH_4)_2SO_4 \cdot 10H_2O$ 于烧杯中,加 50 mL 12 mol · L^{-1} 的 H_2SO_4,搅拌溶解,再加 150 mL 蒸馏水,少量不溶物可滤去。将溶液转移到细口瓶中。

4. 配制 $VOSO_4$ 溶液。称取 10 g V_2O_5 于 500 mL 烧杯中,加水 250 mL、浓 H_2SO_4 10 mL,加热至 80~90℃,逐渐加入 7 g 无水 Na_2SO_4(或 14 g $Na_2SO_3 \cdot 7H_2O$),不断搅拌至全溶,溶液呈蓝色。冷却后将此溶液转移到细口瓶中。

5. 待分离试液。各取 2 mL 含有 Fe^{3+} 的溶液和 $VOSO_4$ 的溶液,混合,备用。

以上部分准备工作可由实验室预先完成。

(二)交换与洗脱

将含有 Fe^{3+}-VO^{2+} 的混合溶液滴加到已装好树脂的交换柱上。打开活塞柱下,流速 0.5 mL · min^{-1},开始交换离子,试液色层约占柱中树脂层的 2/5,加 5 mL 水洗柱。随后用 0.8 mol · L^{-1} 的 HCl 洗脱。钒、铁层逐渐分开,分离过程中要注意观察色层的变化。钒首先被洗脱,并逐渐到达下层并从柱下端流出。利用亚铁盐与丁二酮肟所生成的深红色或者加 H_2O_2 呈粉红色来检查流出液中的钒酸盐。当有钒流出时,立即换用锥形瓶承接钒的流出液。当钒全部洗脱出来后,可以观察到树脂柱有一较纯的树脂层,这时,钒、铁都检不出(铁的检查用 NH_4SCN(红色)或用 $K_4[Fe(CN)_6]$(蓝色))。至此,0.8 mol · L^{-1} HCl 溶液用量为 60~70 mL。含有 Fe^{3+} 的交换层颜色较深。随后用 4 mol · L^{-1} 的 HCl 溶液洗脱,并用另一锥形瓶承接,流速仍保持为 0.5 mL · min^{-1}。加 50~60 mL 淋洗液可将 Fe^{3+} 全部洗脱下来(随时做定性检查,直至检不出 Fe^{3+} 流出为止)。钒、铁的定量分析可用容量法或光度法进行测定。

思考题

1. 离子交换层析法的原理是什么?不同离子在一种树脂上的交换能力(亲和

力)大小有什么规律?

2. 用离子交换层析法分离离子时,如何能够得到好的分离效果?

3. 经分离后的铁和钒溶液如何测定含量?

4. 交换树脂为何不能有气泡存在?怎样排除?

5. 交换树脂可以反复使用吗?如何使树脂再生?

6. 如何使阳离子交换树脂转化成 Na^+ 型和 NH_4^+ 型,使阴离子交换树脂转化成 Cl^- 型 和 OH^- 型?

实验五　荧光分析法测定苯酚

一、实验目的

(1)理解荧光分析法的原理及荧光法测定苯酚的基本原理和方法。

(2)了解荧光光度计的构造、工作原理，掌握荧光仪的基本操作方法。

二、实验原理

(一)荧光分析法的基本原理

荧光分析法(fluorometry)是一种利用某些物质的荧光光谱特性来进行定性、定量的分析方法，又称荧光光谱法(fluorescence spectroscopy)。

如果待测物质是分子，称为分子荧光；如果待测物质是原子形式，称为原子荧光。一般所说的荧光分析法，是指以紫外或可见光作为激发源，所发射的荧光波长较激发光波长要长的分子荧光分析法。

任何荧光化合物都具有两种特征的光谱：激发光谱和发射光谱。荧光激发光谱就是通过测量荧光体的发光通量随波长变化而获得的光谱，它反映了不同波长激发光引起荧光的相对效率，通过记录荧光强度对激发波长的关系曲线，可得到激发光谱。荧光发射光谱又称荧光光谱，通过记录荧光强度对发射波长的关系曲线获得荧光光谱，它根据所发出的荧光中各种波长组分的相对强度来鉴别荧光物质。在建立荧光分析法时，需根据荧光光谱来选择适当的测定波长。激发光谱和荧光光谱是荧光物质定性的依据。

对于某一荧光物质的稀溶液，在一定波长和一定强度的入射光照射下，当液层厚度不变时，所发出的荧光强度与该溶液的浓度成正比，这是荧光法定量分析的基础。

荧光分析法具有高的灵敏度和好的选择性。一般紫外-可见分光光度法的检出限约为 10^{-7} g·mL^{-1}，而荧光分析法的检出限可达到 10^{-10} g·mL^{-1}，甚至 10^{-12} g·mL^{-1}；其灵敏度可高出紫外-可见分光光度法 2～4 个数量级，且校准曲线线性范围宽，已经成为一种重要的痕量分析技术。

荧光分析法的应用范围广泛，不仅能直接、间接地分析众多的有机物，利用与有机荧光试剂间的反应还能实现对许多无机元素的测定。许多重要的生化物质、药物及致癌物质(如许多稠环芳烃等)都有荧光现象,使荧光分析法被广泛应用于环境监测、医药和临床分析,特别是药物的体内代谢研究。随着计算机技术、激光技术和显微技术等的发展,荧光检测的仪器和方法有了重要拓展,使该方法的操作更为简便,检测更为灵敏,应用范围不断拓宽,现在已是生命科学研究中不可缺少的重要检测手段之一,可用于氨基酸检测、核酸研究、DNA 测序、蛋白质结构分析等领域。

(二)荧光分析法测定苯酚的实验原理

苯酚属高毒物质,对环境和人体的毒害作用很大,有致敏、致癌作用。工业上,苯酚用途很广,是有机合成的重要原料,大量用于制造塑料、染料、药粉、炸药、农药等。苯酚存在于炼油、炼焦、石油化工、化学化工工业等废气中,汽车排出的废气和香烟的烟中也有微量的酚。苯酚主要由呼吸道和皮肤进入人体内而引起中毒,为细胞原浆毒物,低浓度能使蛋白质变性,高浓度能使蛋白质沉淀,故对细胞有直接损害,使黏膜、心血管和中枢神经系统受到腐蚀、损害和抑制。含酚废水是人们熟知的危害十分严重的工业废水之一。

环糊精(CD)是天然的环状低聚糖,由葡萄糖单元通过 1,4-糖苷键相连而组成环状中空截顶圆锥结构,在空腔外壁和开口处排列有较多的—OH,呈亲水性,空腔内壁则呈疏水性。环糊精的疏水空腔内可以包络极性相似、分子大小与其空腔相匹配的多种有机及无机客体分子形成超分子包络物从而改变客体分子的光化学及光物理性质,如增大客体分子的溶解度,提高荧光量子效率。

直接荧光法测定苯酚时,灵敏度较低。而环糊精可以包络苯酚分子,当与 β-环糊精分子形成包络物时,β-环糊精分子为进入其非极性筒状空腔的苯酚分子提供了一个良好的疏水环境,因而对苯酚分子具有一定的保护作用,使其受光照、热、溶解氧以及其他分子的碰撞的影响减小,从而大大增强苯酚的荧光发射(图 30)。基于 β-环糊精对苯酚的荧光增敏作用,可以利用荧光法测定环境水中的苯酚。

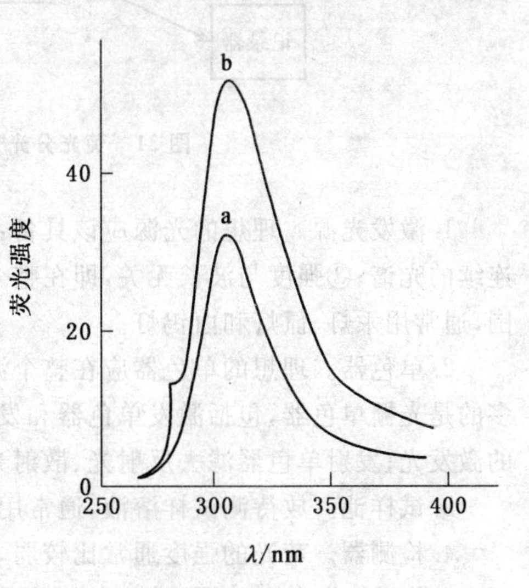

(a)苯酚　(b)苯酚＋β-环糊精

图 30　苯酚水溶液的荧光光谱图

三、实验技术

(一)荧光分光光度计的基本结构

用于测量荧光的仪器种类较多,目前较普遍使用的是荧光分光光度计。无论何种类型的仪器通常均由以下 4 个部分组成:激发光源、用于选择激发光波长和荧光波长的单色器、试样池及测量荧光的检测器(图 31)。

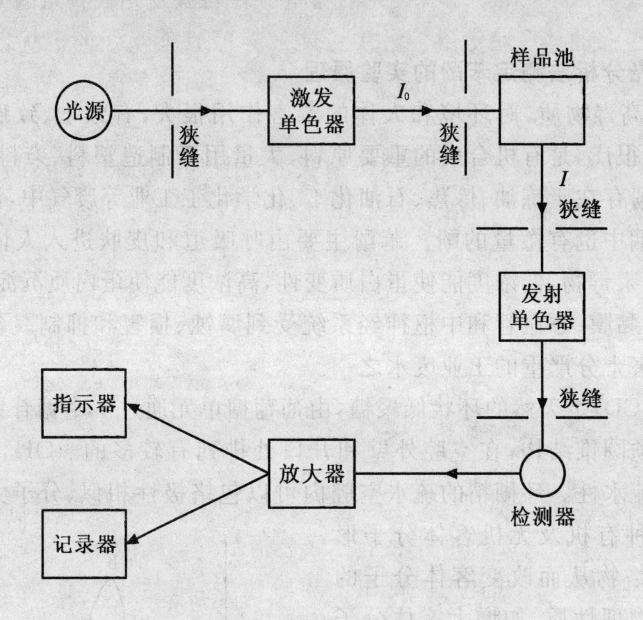

图 31 荧光分光光度计结构示意图

1. 激发光源。理想的光源应该具备:①足够的强度;②在紫外、可见光区内有连续的光谱;③强度与波长无关,即在整个波段内的强度应一致。在紫外可见区范围,通常用汞灯、氙灯和卤钨灯。

2. 单色器。理想的单色器应在整个波长区内有相同的光子通过效率。应用最多的是光栅单色器,包括激发单色器和发射单色器。激发单色器滤去非特征波长的激发光;发射单色器滤去反射光、散射光和杂质荧光,让特征波长的荧光通过。

3. 试样池。放待测试样溶液,通常用石英,形状以方形和长方形为宜。

4. 检测器。荧光的强度通常比较弱,因此要求检测器具有较高的灵敏度,通常用光电倍增管作为检测器。光电倍增管的响应时间很短,能检测出 10^{-8} s 和 10^{-9} s 的脉冲光。

(二)荧光分光光度计的工作原理

荧光分光光度计的工作原理如下:由光源发出的光,经激发单色器后,得到所需要的激发光波长。设其强度为 I_0,通过试样池后,由于一部分光线被荧光物质所吸收,故其透射强度减弱为 I。荧光物质被激发后,将向四面八方发射荧光,但为了消除入射光及散射光的影响,荧光的测量应在与激发光成直角的方向上进行。仪器中发射单色器的作用是消除溶液中可能共存的其他光线的干扰,以获得所需要的荧光。荧光作用于检测器上,得到相应的电信号,经放大后,再用适当的记录器记录。

荧光分光光度计上的入射狭缝及出射狭缝,用以控制通过波长的谱带宽度及照射到试样上的光能强度。根据测定目的不同,可以选择不同的狭缝,以获得较好的测定结果。

(三)日立 F-4500 型荧光分光光度计的使用方法

1. 开机。

(1)开机前首先确认主机的两个开关:POWER/MAIN 均处于关闭状态(搬向O处)。

(2)先接通电源开关(POWER),5 s 后再按下氙灯点灯按钮,当氙灯点燃后,再接通主开关(MAIN)。此时主开关上方绿色指示灯连续闪动 3 下。

(3)接通电脑及打印机电源,Win98 开始建立,随后 F-4500 操作界面自动进入。

(4)按界面提示选择操作方式。

2. 关机。

(1)逆开机顺序实施操作。

(2)当电源开关关闭后 5 s,再次接通 10 min(目的是仅让风扇工作,使灯室散热)。

(3)关闭电源开关。

(四)使用注意事项

在测量前,应仔细阅读仪器的使用说明书,选择适宜的测量条件。在测定过程中,不可中途改变设置好的测定条件,如有改变,则应全部重做。

四、仪器及药品

F-4500型荧光分光光度计，石英荧光池，容量瓶，移液管。

苯酚标准溶液（0.01 mol·L^{-1}，避光，置于冰箱中冷藏保存）：取适量的标准溶液配成0.000 1 mol·L^{-1}工作液；β-环糊精溶液（0.01 mol·L^{-1}）：准确称取适量的β-环糊精，在50℃水浴加热溶解；NaH_2PO_4-Na_2HPO_4缓冲溶液（pH 6.4）；二次蒸馏水。

五、实验内容

（一）测绘苯酚-环糊精体系的激发光谱和荧光光谱

于10 mL比色管中，用吸量管加入1.0 mL苯酚标准溶液，加入磷酸盐缓冲溶液1.0 mL，0.01 mol·L^{-1} β-环糊精溶液5 mL，用水定容，摇匀。选择适当的仪器测量条件，如灵敏度、狭缝宽度、扫描速度及纵坐标和横坐标等。将溶液倒入1 cm石英荧光池中，放在仪器的池架上，关好试样室盖。首先任意确定激发波长，扫描荧光光谱，从获得溶液的荧光光谱中，确定最大发射波长λ_{em}；再固定λ_{em}扫描荧光激发光谱，从获得的荧光激发光谱中，确定最大激发波长λ_{ex}。

（二）绘制校准曲线

于6个10 mL比色管中，用移液管分别加入0.000 1 mol·L^{-1}苯酚标准溶液0，1.0，1.5，2.0，2.5，3.0 mL，再各加入磷酸盐缓冲溶液1.0 mL，0.01 mol·L^{-1} β-环糊精溶液5 mL，用水定容，摇匀，放置20 min。用1 cm石英荧光池，在激发波长（λ_{ex}）为278 nm，发射波长（λ_{em}）为306 nm测量系列标准溶液的荧光强度。

（三）试样溶液测定

吸取待测苯酚溶液1.0 mL（平行2～3份）于比色管中，在与系列标准溶液相同的测量条件下，测量荧光强度。根据线性回归方程求出试液中的苯酚浓度。

六、数据处理

将实验数据填入表中，绘制校准曲线，并从校准曲线上确定待测溶液中苯酚的浓度。

荧光强度与苯酚浓度变化数据表

项　目	比色管编号						试样溶液
	1	2	3	4	5	6	
苯酚浓度（10^{-5} mol·L^{-1}）	0	1.0	1.5	2.0	2.5	3.0	
F							

F 与苯酚浓度的线性回归方程为＿＿＿＿＿＿＿＿＿＿，线性相关系数为＿＿＿＿＿＿。

待测试液中苯酚的浓度为＿＿＿＿＿＿＿＿＿＿。

思考题

1.荧光分析法的主要优点是什么？

2.结合荧光产生的机理，说明为什么荧光物质的最大发射波长总是大于最大激发波长？

3.荧光分光光度计一般由哪几部分组成？

4.为什么测量荧光必须和激发光的方向成直角？

5.简述荧光法测定苯酚的基本原理。

实验六　原子吸收光度法测定奶粉中微量元素 Zn 和 Cu

一、实验目的

(1)掌握湿法消化试样的方法。

(2)掌握火焰吸收法测定多组分的方法。

(3)熟悉和掌握原子吸收分光光度计的使用方法。

二、实验原理

微量元素参与人体正常的新陈代谢与发育。微量元素的缺乏与过多,都会导致人体机能失调,导致各种疾病发生。Zn,Cu 都是人体必需的微量元素。Cu 是免疫系统功能正常不可缺少的元素。生物体内一旦缺乏 Cu,抗体形成细胞的数目减少,补充 Cu,可提高机体抵抗微生物的感染能力。Zn 对机体免疫功能影响很大,对于人或动物,体内含 Zn 的减少可引起细胞免疫功能低下。将微量元素添加到食品中来调节人体内的元素平衡,可提高抗病能力,增强机体免疫功能。

原子吸收光度法是测定试样中多种金属元素的常用方法。当用于测定金属有机化合物或生物材料的金属元素时,由于有机化合物在火焰中燃烧,将改变火焰性质、温度组成等,并且还经常在火焰中生成未燃尽的碳的微细颗粒,影响光的吸收,因此一般预先以湿法消化或干法灰化的方法除去有机物,并使其中的待测元素以可溶的金属离子状态存在。湿法消化是使用强氧化性的酸,如 HNO_3,H_2SO_4,$HClO_4$ 等氧化分解有机化合物,除去有机化合物;干法灰化是在高温下灰化灼烧,使有机物质被空气中的氧所氧化破坏,再将灰分溶解在盐酸或硝酸中制成溶液。

本实验采用湿法消化奶粉中的有机物质,然后测定其中 Zn,Cu 等微量元素。此法也可用于其他食品蔬菜水产等微量元素的测定。

在一定实验条件下,溶液的吸光度 A 与待测溶液浓度 c 成正比,即 $A=\varepsilon bc$。

食品湿法消化处理成溶液后,溶液在 213.8 nm 波长光(Zn 元素的特征谱线)下的吸光度与奶粉中 Zn 的含量呈线性关系,溶液在波长光 324.8 nm(Cu 元素的特征谱线)下的吸光度与奶粉中 Cu 的含量呈线性关系,故可直接用标准曲线法测定奶粉中 Zn,Cu 的含量。

三、实验技术

原子吸收分光光度计的使用(略,参见具体仪器使用说明)。

其他具体实验技术参见第一部分实验四移液管的使用和容量瓶的使用。

四、仪器及药品

原子吸收分光光度计(配备铜、锌空心阴极灯,空气压缩机,乙炔钢瓶);25,50,100 mL 容量瓶;1,2,5 mL 移液管。

0.5 $mg \cdot mL^{-1}$ 锌标准储备液,1.0 $mg \cdot mL^{-1}$ 铜标准储备液,$HClO_4$,HNO_3,体积分数 0.5%的 HNO_3。

五、实验内容

(一)设置原子吸收测定条件(供参考)

1. 测 Cu。波长 324.8 nm,灯电流 3～6 mA,光谱通带 0.5 nm,乙炔流量 2 $L \cdot min^{-1}$,空气流量 9 $L \cdot min^{-1}$。

2. 测 Zn。波长 213.8 nm,灯电流 36 mA,光谱通带 0.38 nm,乙炔流量 2.3 $L \cdot min^{-1}$,空气流量 10 $L \cdot min^{-1}$。

(二)试样的消化

准确称取奶粉 1 g 左右,置于 250 mL 锥形瓶中,用少量蒸馏水湿润奶粉后,加浓 HNO_3 15 mL,浓 $HClO_4$ 4 mL 混匀,小火微沸,不断添加浓 HNO_3,直至有机物分解完全,消化液无油滴为止。溶液应澄清无色,加大火力,至产生白烟,放置冷却。加 20 mL 去离子水,煮沸,除去残余的硝酸至产生白烟为止。如此处理 2 次,放置冷却。将冷却后的溶液移入容量瓶中,用去离子水洗涤锥形瓶,洗涤液并入 25 mL 容量瓶中,定容混匀。同时做试剂空白试验。

(三)配制 Zn,Cu 标准使用液

1. 吸取 1.00 mL 铜标准储备溶液,置于 100 mL 容量瓶中,用 0.5%(体积分数)硝酸溶液稀释至刻度,摇匀,此标准使用液含 Cu 10.0 $\mu g \cdot mL^{-1}$。

2. 吸取 1.00 mL 锌标准储备溶液,置于 50 mL 容量瓶中,用 0.5%(体积分数)硝酸溶液稀释至刻度,摇匀,此标准使用液含 Zn 10.0 $\mu g \cdot mL^{-1}$。

3. 在 5 个 25 mL 容量瓶中,吸取 10.0 $\mu g \cdot mL^{-1}$ Cu 标准使用液 0.00,0.50,1.00,2.00,2.50 mL,另取 5 个 25 mL 容量瓶,再吸取 10.0 $\mu g \cdot mL^{-1}$ Zn 标准使

用液 0.00,1.00,2.00,3.00,4.00 mL,用 0.5%(体积分数)硝酸溶液稀释至刻度,摇匀。容量瓶中每毫升溶液分别相当于 0.0,0.2,0.4,0.8,1.0 μg 的铜和 0.0,0.2,0.4,0.8,1.2 μg 的锌。

(四)测定

将处理后的试样、试剂空白液和各标准溶液在实验条件下测定,记录各溶液的吸光度。

(五)注意事项

本实验所用的浓 HNO_3 和浓 $HClO_4$ 有很强的腐蚀性,而 $HClO_4$ 消化有机物时,操作不当易爆炸,实验时一定戴好防爆面具,认真仔细做实验。试样中待测物质含量超过线性范围时,可适当稀释试样溶液;若含量较低时,可增加取样量。

六、数据处理

1. 分别绘制 Zn,Cu 的标准曲线。
2. 计算奶粉中 Zn,Cu 的含量。

$$bi=(A_1-A_2)\times V_1\times 1\,000/m_1\times 1\,000$$

式中:bi 为试样中铜或锌的含量,$mg\cdot kg^{-1}$;A_1 为测定试样中铜或锌的含量,$\mu g\cdot mL^{-1}$;A_2 为试剂空白中铜或锌的含量,$\mu g\cdot mL^{-1}$;V_1 为处理后的总体积,mL;m_1 为试样质量,g。

思考题

1. 为什么稀释后的标准溶液只能放置较短时间,而储备液可放置较长时间?
2. 如果标准溶液浓度范围过大,则标准曲线会弯曲,为什么会有这种情况?
3. 试样处理有哪几种方法?各应注意哪些事项?

实验七　分光光度法测定天然水及污水中阴离子表面活性剂的浓度

一、实验目的

(1)熟悉分光光度计的使用方法和分光光度定量方法。

(2)学习萃取分光光度法测定阴离子表面活性剂的原理。

(3)了解分光光度分析中常见的干扰以及提高测定选择性的方法。

二、实验原理

长链烷基磺酸钠(LAS)等阴离子表面活性剂是造成水体污染的主要化学物质之一。受污染的河水中阴离子表面活性剂的质量浓度一般为 0.1～10 mg·L^{-1}，国家环境指标规定一类水体中 LAS 的量不能超过 0.03 mg·L^{-1}。

阴离子表面活性剂的测定，通常采用亚甲基蓝萃取分光光度法(GB 7494—87)。测定时在水样中加入带正电的离子对化合物，然后用三氯甲烷等有机溶剂萃取，在一定波长下用分光光度法进行测定。这种测定方法最大的问题是如何提高选择性。为了提高离子对化合物的摩尔吸光系数，通常选用带有多个芳香环的阳离子染料作为离子对试剂，如亚甲基蓝等。然而，这些离子对试剂水溶性较差，与阴离子形成离子对化合物的能力太强，甚至能与 Cl^-，SCN^-，ClO_4^-，NO_3^- 等小体积阴离子结合，使这些离子与阴离子表面活性剂同时被萃取入有机相，从而对分光光度测定造成干扰。为提高萃取分光光度法测定阴离子表面活性剂的选择性，可以采用阳离子金属配合物作为离子对试剂的新方法。本实验采用二乙二胺合铜作为离子对试剂萃取十二烷基苯磺酸钠，该方法可直接测定天然水或污水试样中阴离子表面活性剂的浓度。

二乙二胺合铜分子体积较小，电荷密度较大，疏水性较小，因而该阳离子配合物与水体中的小体积阴离子形成离子对化合物的能力较小，只能将分子体积较大的长链阴离子表面活性剂定量萃取入有机相中，因而受到的干扰大大减小。但由于该配合物不含有离域 π 键，其与阴离子表面活性剂形成的离子对化合物摩尔吸光系数很小，测定的灵敏度较小。为了克服这一缺点，可用二乙二胺合铜将阴离子表面活性剂萃取入有机相后，在有机相(三氯甲烷)中加入 1-(2-吡啶偶氮)-2-萘酚

(PAN)试剂作为显色剂，该试剂能与铜离子形成更稳定的且摩尔吸光系数较大的黄色配合物，在三氯甲烷溶液中该 PAN-Cu 配合物的 $\varepsilon=4.1\times10^{4}\ L\cdot mol^{-1}\cdot cm^{-1}$，$\lambda_{max}=560$ nm，因而方法的灵敏度也大为提高。由于铜离子的浓度与阴离子表面活性剂的浓度存在定量关系，因而测得了铜离子的浓度也即间接测定了阴离子表面活性剂的浓度。

三、仪器及药品

分光光度计，250 mL 分液漏斗，200 mL 量筒，移液管，分析天平，离心机。

阴离子表面活性剂标准溶液（1 000 mg・L^{-1}十二烷基苯磺酸钠标准储备液）；二乙二胺合铜试剂：称取 62.3 g 硫酸铜晶体和 49.6 g 硫酸铵溶解于蒸馏水中，加入 45.1 g(50 mL)乙二胺，然后用蒸馏水稀释至 1 L，该试剂可以稳定数个月；1-(2-吡啶偶氮)-2-萘酚(PAN)；三氯甲烷。

四、实验内容

1. 用量筒量取 150 mL 含有阴离子表面活性剂的水样，置于 250 mL 分液漏斗中，将水样的 pH 调至 5～9。加入 10 mL 二乙二胺合铜试剂及 20 mL 三氯甲烷，振荡约 1 min，在分液漏斗中静置，直至有机相与水相分离。吸取约 13 mL 的三氯甲烷层至 15 mL 离心管中，盖上盖后，2 500 r・min^{-1}的转速下，离心分离 5 min，用移液管吸取 10 mL 上层清液于 20 mL 比色管中（注意溶液必须澄清）。离心管中残留的水珠可用吸水纸擦干。在比色管中加入 1 mL PAN 试剂，盖上比色管塞子后，振荡，然后将显色后的溶液用 1 cm 比色皿在 560 nm 下测定吸光度，参比液用 10∶1 的三氯甲烷乙醇混合液。

2. 标准曲线的制作。取 1.00 mL 1 000 mg・L^{-1}的 LAS 标准储备液置于 100 mL容量瓶中。用蒸馏水稀释至刻度，得 10 mg・L^{-1} LAS 标准溶液。分别吸取 4.00，8.00，12.00，16.00，20.00 mL 该标准溶液于 100 mL 容量瓶中，得 0.4，0.8，1.2，1.6，2.0 mg・L^{-1} LAS 标准溶液。分别将上述标准溶液置于 250 mL 分液漏斗中，并用 50 mL 蒸馏水洗涤各容量瓶，与分液漏斗中的标准溶液合并，按上述水样测定方法进行分析测定。测得吸光度后，以吸光度对 LAS 浓度作标准曲线。

3. 空白值的测定。用 150 mL 蒸馏水代替水样，按步骤 1 和步骤 2 的方法测定空白值。空白值应在 0.000～0.001 之间。

4. 将试样的吸光度值减去空白值后，所得的吸光度值与标准曲线对照，计算水样中阴离子表面活性剂的浓度。

5.方法的选择性试验。用蒸馏水分别配制 150 mL 含有 10 mg·L^{-1} Cl^- 及 NO_3^- 的水样，按上述方法测定三氯甲烷萃取液的吸光度，记录吸光度值，判断上述离子是否对该方法产生干扰。

五、数据处理

实验数据记录表

试液/(mg·L^{-1})	0.4	0.8	1.2	1.6	2.0	水样	Cl^-	NO_3^-
吸光度								

将标准溶液吸光度值与浓度拟合，线性方程为＿＿＿＿＿＿，线性相关系数为＿＿＿＿＿＿。

水样中 LAS 的浓度为＿＿＿＿＿＿。

思考题

水样中常见的 Cl^- 和 NO_3^- 是否对阴离子表面活性剂浓度的测定产生干扰？用实验数据加以说明。

实验八　新鲜蔬菜中 β-胡萝卜素的分离和含量测定

一、实验目的

(1)学习从植物组织中提取分离胡萝卜素的方法。

(2)学习应用紫外可见吸收光谱法和高效液相色谱法测定的方法，并比较两种方法的优、缺点。

(3)了解共轭多烯化合物 π-π 跃迁吸收波长的计算方法及共轭多烯化合物的紫外吸收光谱的特征。

二、实验原理

许多植物如胡萝卜、地瓜、菠菜中含有丰富的胡萝卜素，它是维生素 A 的前体，具有类似胡萝卜素 A 的活性。胡萝卜素有 α、β、γ 异构体，其中以 β 活性最强，结构式如下：

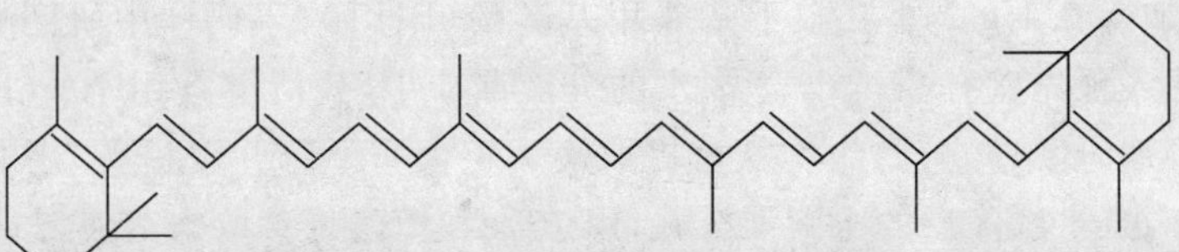

β-胡萝卜素是含有 11 个共轭双键的长链多烯化合物，它的 π-π 跃迁吸收带处于可见光区，纯 β-胡萝卜素是橘红色晶体。多种类胡萝卜素能捕捉单线态氧自由基而实现其抗氧化功能，因此对类胡萝卜素的研究备受关注。

分析类胡萝卜素的方法有柱色谱法、纸色谱法、薄层色谱法、分光光度法及高效液相色谱法。前三种方法过程复杂，精密度差；分光光度法只能测定类胡萝卜素总量，高效液相色谱法分析单一胡萝卜素已有报道。本实验采用柱色谱-分光光度联用法以及反相高效液相色谱（HPLC）技术分析新鲜蔬菜中 β-胡萝卜素的含量。

胡萝卜素不溶于水，可溶于有机溶剂，因此植物中类胡萝卜素可用有机溶剂提取。但有机溶剂同时也能提取植物中的叶黄素、叶绿素等成分，对测定产生干扰，需要用适当方法加以分离。本实验采用柱色谱法将提取液中的β-胡萝卜素分离出来,经分离的β-胡萝卜素含量可直接用紫外可见分光度计法测定。采用 HPLC 分析法,可大大简化上述分析过程,由于具有很高的分辨率,只要选择合适的色谱条件,植物提取液中的β-胡萝卜素可以在柱中与叶黄素、叶绿素及其他类胡萝卜素等组分完全分离,并用 UV-Vis 检测器在 450 nm 波长下检测,因而提取液可直接进样分析,大大提高了分析的效率。本实验将分别采用上述两种方法对新鲜蔬菜中β-胡萝卜素进行分析。

三、仪器及药品

紫外可见分光光度计,高效液相色谱系统,C_{18}反相液相色谱柱,玻璃色谱柱(10 mm×200 mm),玻璃漏斗,分液漏斗,移液管(1 mL),容量瓶(100,50,10 mL),水泵,研钵,洗耳球。

乙腈(色谱纯),二氯甲烷(色谱纯),活性氧化镁,硅藻土助滤剂,无水硫酸钠,正己烷,丙酮,2,6-二叔丁基-4-甲基苯(BHT)。

四、实验内容

(一)试样处理

将新鲜胡萝卜粉碎混匀,称取 2 g,加入 10 mL 1∶1(体积比)丙酮-正己烷混合溶剂,并加入 0.1 g 2,6-二叔丁基-4-甲基苯酚(BHT),于研钵中研磨 5 min,将混合溶剂滤入预先盛有 50 mL 蒸馏水的分液漏斗中,残渣继续用 10 mL 丙酮-正己烷混合溶剂研磨过滤,如此反复至提取液无色为止。合并浸提液,用 20 mL 蒸馏水洗涤 2 次(将洗涤后的水溶液合并,用 10 mL 正己烷萃取水溶液,与前浸提液合并供柱色谱分离,视情况取舍)。

(二)柱色谱分析

将活性氧化镁 20 g 与硅藻土助滤剂 2 g 混合均匀,疏松的装入 10 mm×200 mm 的色谱柱中,然后用水泵抽气使吸附剂逐渐密实,再在吸附剂上面盖上一层约 5 mm 无水硫酸钠。将试样浸取液逐渐倾入色谱柱中,在连续抽气状态下使浸提液过色谱柱,用正己烷冲洗色谱柱,使胡萝卜素谱带与其他色素谱带分开,当胡萝卜素谱带移过柱中部后,用 1∶9(体积比)丙酮-正己烷混合溶剂洗脱并收集流出液,β-胡萝卜素将首先从色谱柱中流出,其他色素仍在色谱柱中。将洗脱的β-胡萝卜素流出液收集在 50 mL 容量瓶中,用 1∶9(体积比)丙酮-正己烷混合溶剂定容。

(三)紫外可见分光光度分析的工作曲线制作

用逐级稀释法准确配制 25 $\mu g \cdot mL^{-1}$ 胡萝卜素正己烷标准溶液。分别吸取该溶液 0.00,0.40,0.80,1.60,2.00 mL 于 5 个 10 mL 容量瓶中,用正己烷定容。用 1 cm 吸收池,以正己烷为参比,扫描其中一个溶液的紫外可见吸收光谱,然后分别测定 β-胡萝卜素标准溶液在最大吸收波长处的吸光度(测定的波长范围为 350～550 nm)。

(四)紫外可见分光光度分析法测定

将经过色谱柱分离后的 β-胡萝卜素溶液,以 1∶9(体积比)丙酮-正己烷溶液为参比,在紫外可见分光光度计上测定 β-胡萝卜素最大吸收波长处的吸光度。

(五)试样提取液中的 β-胡萝卜素 HPLC 分析

取上述提取液,减压蒸干或氮气吹干,用 1 mL 甲醇溶解,经 0.3 μm 微孔滤膜过滤后用做试样溶液,配制 1～20 $\mu g \cdot mL^{-1}$ 之间不同浓度 β-胡萝卜素的标准溶液。上述标准试液和标准液分别用微量注射器进样 20 μL,色谱条件:色谱柱为 uBondaparkC_{18}(3.9 mm×150 mm),流动相为乙腈-二氯甲烷-甲醇(85∶10∶5),流速 1.0 $mL \cdot min^{-1}$,检测波长为 245 nm,柱温为室温。记录各色谱分析结果,以 β-胡萝卜素峰面积对标准溶液浓度作工作曲线,并根据工作曲线计算并与紫外可见分光光度分析法所得结果对照。

思考题

1. 本实验采用了哪两种方法?你认为哪种方法更可靠,效率更高?为什么?
2. 胡萝卜素有 α、β、γ 3 种异构体,如果要分别测其含量,哪种方法更合适?为什么?
3. 如果用 HPLC 分析胡萝卜素的 3 种异构体,选择什么样的色谱模式更合适?
4. 为何要在提取液中加入 2,6-二叔丁基-4-甲基苯酚(BHT)?
5. 色谱分离除用活性氧化镁作吸附剂外,可用其他吸附剂代替吗?

实验九　染料组分的分离与测定

一、实验目的

(1)了解薄层色谱法的原理。

(2)掌握薄层色谱法分离微量组分的操作。

(3)学习对组分定性与定量分析的方法。

二、实验原理

薄层色谱(TLC)分离法是分离提纯和鉴定物质的重要方法，在农业科学、生物科学、医药卫生等领域都有广泛的应用。它的特点是试样用量小，分离方便，分离时间短，检出灵敏度高。

根据色谱分离的作用机制可分为吸附薄层色谱、分配薄层色谱、离子交换薄层色谱、凝胶薄层色谱。吸附薄层色谱是将吸附剂均匀地涂在玻璃板上成一薄层，把试样溶液点在薄层板的下端，将薄层板的一端浸入流动相溶剂中，流动相通过毛细管作用逐渐浸润薄层板，试样随之在板上移动。由于吸附剂对不同化合物有不同的吸附能力，试样中的各组分连续不断地进行吸附、解吸附、再吸附、再解吸附的过程，使得各组分的移动速度不同从而得到分离。

在相同实验条件下，通常用某组分的比移值 R_f 和标准试样的 R_f 进行比较，来确定物质的组成，然后用适当手段对分离出的斑点进行定量分析。

本实验提供的试样是甲基红、甲基橙和甲基黄组成的混合物，根据其不同的极性，在硅胶板上用混合展开剂展开，可将它们分离，然后对斑点进行定性定量分析。

三、实验技术

(一)薄层板的制备

将固定相和水在研钵中向一方向研磨混合，去除表面的气泡后，倒入涂布器中，在玻璃板上平稳地移动涂布器进行涂布，取下涂好薄层的玻璃板，置水平台上于室温下晾干，对于硅胶板在105～120℃烘1 h进行活化，氧化铝板在80～100℃烘30 min活化。

要求所涂的薄层厚度均匀，表面平整，没有气泡，而且要黏附牢固。

(二)点样

点样是薄层色谱法误差的主要来源。一般用定量毛细管或微量注射器。点样线距板的下端10～15 mm,试样之间相距10～15 mm,试样点的直径不大于2～3 mm。为避免不同定量毛细管间的点样误差,最好用同一支定量毛细管。在更换试样时,应将毛细管用超声波或不同极性溶剂清洗干净。避免点样的直径过大,否则斑点拖尾不清楚。

(三)展开

展开在色谱缸中进行,缸上加有密封盖。一般用上行式。将薄层板浸入展开剂中,使试样线与展开剂的水平面平行。注意薄层底边浸在展开剂中的深度每次应保持一致,浸入深度以不浸没样点为宜。另外,为消除边缘效应,可在缸内衬一张洁净的滤纸。

四、仪器及药品

玻璃板(10 cm×20 cm),10 μL微量注射器(或定量毛细管),展开缸,硅胶H,羧甲基纤维素饱和溶液,0.1%甲基红,0.06%甲基橙,0.06% 甲基黄,分析纯无水乙醇。

试样:甲基红、甲基橙、甲基黄混合液(体积比为1∶1∶1)。

展开剂:正丁醇(无水)、乙醇(无水)、环己烷(无水)混合液(体积比为3∶1∶4)。

五、实验内容

(一)薄层板的制备

取玻璃板一块,洗净备用。称5 g硅胶H放于玻璃研钵中,加入15 mL羧甲基纤维素饱和溶液,向同一方向研磨得稠状物,倒入涂布器中,在玻璃板上平稳地移动涂布器进行涂布。取下涂好薄层的玻璃板,置水平台上于室温下晾干,并在105℃烘1 h进行活化,然后保存在干燥器中备用。

(二)点样

取已制好的硅胶板一块,用微量注射器(或用定量毛细管)吸取甲基橙、甲基红、甲基黄标准液及试样各1 μL,分别点在硅胶板上。要求点样线距板的下端10 mm,点样间距为15 mm。注意:每次吸取溶液前,微量注射器均应用无水乙醇及所取溶液分别洗涤 3 次。

（三）展开

展开是在密闭的色谱缸中进行。采用倾斜上行法展开斑点。在色谱缸的一侧贴上与缸壁面积大小相同的滤纸，以消除边缘效应，再取 50 mL 展开剂沿滤纸顶端倒入展开缸中，盖上盖放置 15 min，将已点好样的硅胶板斜插入展开槽中，盖好玻璃板，经 30 min 左右，观察待测组分的斑点是否已与其他组分分开，一般斑点间距 2 cm 左右即可进行测量。取出硅胶板在通风柜中将展开剂挥发至干后进行测定。

（四）测定

1. 定性测定。试样点在薄层板上的位置称为原点，经过展开后在薄层板上移动一段距离，形成了斑点。斑点中心至原点距离与溶剂前沿至原点距离的比值称为比移值 R_f。用直尺分别测量各点的 R_f 值并与标准试样 R_f 值和文献值对照，用以确定物质的组成。注意影响 R_f 值的因素很多，文献介绍的展开剂及所列的比移值数据只作参考。

2. 定量测定。薄层色谱的定量分析采用仪器测定较准确，一般使用薄层色谱仪。薄层扫描的方法，除另有规定外，可根据各种薄层扫描仪的结构特点及使用说明，选择吸收法或荧光法，用双波长或单波长扫描。由于影响薄层扫描结果的因素很多，故应在保证试样斑点在一定浓度范围内呈线性的情况下，将试样与标准品在同一块薄层上展开后扫描，进行比较并计算定量。薄层扫描通常用“双波长法”和“锯齿扫描法”，可消除因基线波动和斑点不规则带来的测量误差。除此之外，还可以采用一些简易的方法进行定量分析，但准确度不如前者。

(1)目视直接比较法：在同一板上，相同的条件下，观察标准品和试样的斑点的大小、颜色的深浅，取与标准最相近的斑点，确定出含量的范围。

(2)斑点面积测定法：将标准试样液、稀释一定倍数的标准试样液和待分析的试样液，等容积点在同一薄层板上，经过展开后，用测微方格板测定各斑点的面积，带入公式计算出试样的含量。

六、数据处理

$$R_f = \frac{\text{斑点中心至原点的距离}}{\text{溶剂前沿至原点的距离}}$$

$$\lg m = \lg m_s - \left(\frac{\sqrt{A_s} - \sqrt{A}}{\sqrt{A_{sd}} - \sqrt{A_s}} \right) \lg d$$

式中：m 为试样的质量；m_s 为标准试样的质量；A 为试样斑点的面积；A_s 为标准试样的斑点面积；A_{sd} 为稀释的标准试样的斑点面积；d 为稀释倍数。

思考题

1. 在本实验中影响 R_f 值的因素有哪些？
2. 薄层色谱一般包括哪些操作步骤？

第四部分

设 计 实 验

实验一　硫磷混酸的测定

一、实验目的

通过本次实验，了解试样中多组分的测定过程，掌握强酸与多元弱酸混合时，测定各组分含量的原理，学会确定溶液的 pH，以及选择合理的指示剂。学会对分析结果进行讨论，探讨不同实验方案间结果的差异，以此提高学生灵活应用知识的能力。

二、实验背景

在工业生产中，常以磷矿粉与浓硫酸反应生产磷酸，反应结束后过滤出去磷石膏，即得到粗产品磷酸，这时的产品中含有少量的硫酸。同样在精制低砷黄磷过程中，还会产生硫酸、磷酸、硝酸的混合酸溶液。在钢铁电镀抛光液中也含有硫酸和磷酸。因此，准确确定出混酸中各组分的含量，对选择何种方法处理混酸中的杂质非常重要。

目前，生产中测定各组分含量通常用的是酸碱滴定法，对于硫酸含量低的试样也可用重量分析法。使用酸碱滴定法时，选择合理的指示剂是提高准确度的关键。

三、实验设计要求

(1)查阅文献，撰写开题报告。

(2)根据实验室现有条件，提交实验研究方案(包括实验理论依据、实验仪器与试剂、实验步骤、数据处理)并与指导老师讨论。

(3)实验设计方案经老师审阅批准后方可实验。

实验二　水的化学耗氧量的测定

一、实验目的

通过文献查阅，使学生了解化学耗氧量是环境水质标准及废水排放标准的控制项目之一，是度量水体受还原性物质污染程度的重要指标。同时使学生掌握水样采集分析检测的方法。通过对水样采集的方法、次数、深度、时间，以及分析检测的不同方法和结果进行讨论，选择可行的分析检测方法、条件，结合已有知识确定实验方案。加深学生对知识的理解和掌握，提高学生的实验技能和动手操作的能力。

二、实验背景

化学耗氧量，常用COD表示，是利用化学氧化剂（如高锰酸钾、重铬酸钾）将废水中可氧化物质（如有机物、亚硝酸盐、亚铁盐、硫化物等）进行氧化所消耗的氧气量，计量单位为ppm或$mg \cdot L^{-1}$，是表示水质污染度的重要综合指标。COD值越小，则水体污染程度越轻。一般洁净饮用水的COD值为几至十几$mg \cdot L^{-1}$。由于各国的实际情况及河流状况不同，COD的排放标准均不一致，我国《工业废水排放试行标准》中规定，工业废水最高允许排放浓度应少于100 $mg \cdot L^{-1}$，但造纸、制革及脱脂棉厂的排放应小于500 $mg \cdot L^{-1}$。而日本水质标准规定，COD的最高排放量应小于160 $mg \cdot L^{-1}$。

一般水样的化学耗氧量测定有重铬酸钾法、酸性高锰酸钾容量法、碱性高锰酸钾容量法。目前，世界各国均以重铬酸钾法测定COD为标准方法，此法对试样氧化完全，测定结果准确可靠，重现性好，我国也将其定为国家标准。

三、实验设计要求

(1)查阅文献，撰写开题报告。

(2)根据实验室现有条件，提交实验研究方案（包括实验理论依据、实验仪器与试剂、实验步骤、数据处理）并与指导老师讨论。

(3)实验设计方案经老师审阅批准后方可实验。

实验三 GC-MS 联用法监测自然水样中痕量有机污染物

一、实验目的

通过查阅文献，了解环境水样中有机污染物的危害，掌握有机污染物试样痕量分析检测方法。通过对试样的采集、试样保存、试样的检测、分析结果讨论了解痕量分析过程，选择合适的分析方法及实验条件，对实验结果进行合理的解释。进一步培养和提高学生的科研工作能力。

二、实验背景

20 世纪 80 年代以来，对有毒有机污染物的监测和控制日益受到国际社会的普遍关注。气相色谱、液相色谱、色-质联用等痕量分析技术的发展，为环境研究提供了强有力的手段。

有机污染物是一类超微量存在污染物，因此，其分析方法与一般有机污染物的监测分析方法相比较首先以高灵敏度为主要目标。同时，萃取、高倍浓缩及净化等前处理技术过程十分关键，有的还需要衍生化程序。

大孔树脂(macroreticular resins，MRs)，又称大网络树脂、多孔树脂、大网状树脂，是一种以芳香高聚物为主的离子交换树脂，广泛应用于生物医药和水环境中有机物质的固相萃取。应用于水环境的 MRs 已有多种系列，如 Amberlite XAD 及国产 GDX 系列等。MRs 具有吸附力强、富集倍数高、可再生、污染少等特点，可富集水环境中 $\mu g \cdot L^{-1}$ 级甚至 $ng \cdot L^{-1}$ 级痕量有机物。

固相萃取是一个包括液相和固相的物理萃取过程。在固相萃取中，固相对分离物的吸附力比溶解分离物的溶剂更大。当试样溶液通过吸附剂床时，分离物浓缩在其表面，其他试样成分通过吸附剂床；通过只吸附分离物而不吸附其他试样成分的吸附剂，可以得到高纯度和浓缩的分离物。

目前所推荐的仪器检测方法一般为 GC/MS-SIM 法。色谱法(GC)对有机化合物是一种有效的方法，利用混合物各组分在色谱柱中的分配速度的差异，使混合物在流出的过程中得到很好的分离；而且根据峰面积的大小能对各物质很好地进行定量，但是由于类似结构的化合物也许不能完全分离，所以在定性上可能出现错误。而质谱可以有效地进行定性，但对分析复杂的化合物就无能为力了。所以先将混合物在色谱柱中进行分离，然后用质谱(MS)进行定性是个很好的组合。这就是现在的GC-MS和LC-MS。根据色谱图上保留时间的差异，结合质谱对水中所含有的有机污染物的种类、组成及其相对含量进行分析。综合利用了气谱的高分离能力和质谱的高鉴别能力。

三、实验设计要求

(1)查阅文献，撰写开题报告。

(2)根据实验室现有条件，提交实验研究方案(包括实验理论依据、实验仪器与试剂、实验步骤、数据处理)并与指导老师讨论。

(3)实验设计方案经老师审阅批准后方可实验。

实验四　室内空气中甲醛含量的测定

一、实验目的

通过查阅文献，了解室内空气污染物甲醛的危害，掌握挥发性试样分析检测方法。通过对室内空气试样的采集、试样保存、试样的检测、分析结果讨论了解挥发性试样的分析过程，选择合适的分析方法及实验条件，对实验结果进行合理的解释。进一步培养和提高学生的科研工作能力。

二、实验背景

据统计，人的一生约有 80%以上的时间是在室内度过的，室内是人们最直接最经常接触的环境，室内空气质量的好坏与人们的健康和生活质量有着极为密切的联系。良好的室内空气质量使人们身体健康，心情愉快，工作和学习效率提高；相反，不好的室内空气质量，会给人带来疾病，例如建筑综合征(SBS)、大楼并发症(BRI)以及多种化学物过敏症等，主要症状包括眼睛发红、流鼻涕、嗓子疼、困倦、头痛、恶心、头晕、皮肤瘙痒等，直接或间接地影响着居民的身心健康。由此，人们对室内空气污染做了大量的科学研究和调查，并从室内空气中检测出 500 多种有机化合物，其中有 20 多种为致癌物，甲醛是其中检出率最高的一种。

甲醛是一种无色、易溶且具有强烈刺激性气味的气体，沸点 19℃，可经呼吸道吸收，其水溶液“福尔马林”可经消化道吸收。由于甲醛有较强的黏合性，因此被广泛应用在建筑材料及装饰材料中。甲醛的挥发性很强，易从材料中释放，它的浓度和室内的温度、湿度、室内材料的装载度(即每立方米室内空间的甲醛散发材料表面积)以及室内换气数(即室内空气的流通量)有着密切的关系。当室内空气中甲醛浓度达到 $0.1\ mg \cdot m^{-3}$时会有异味和不适感，$0.6\ mg \cdot m^{-3}$可刺激眼睛流泪，引起咽喉不适或疼痛，随着浓度的升高还可引起恶心、呕吐、胸闷等。当浓度大于 $30\ mg \cdot m^{-3}$ 时，可引发肺炎、肺水肿等损伤，甚至导致死亡。甲醛还有致畸、致癌作用，国际癌症研究所已建议将其作为可疑致癌物。

各类民用建筑室内环境检测结果表明，室内环境空气中甲醛的检出率最高，超标率最大，甲醛污染最为突出。为了防止和控制民用建筑工程中建筑材料和装修材料产生的室内环境污染，保障公众健康，维护公共利益，我国于 2001 年 11 月 26

日发布了《民用建筑工程室内环境污染控制规范》(GB 50325—2001)。2002 年 3 月国家建设部又下发了《关于加强建筑工程室内环境质量管理的若干意见》(建办质[2002]17 号)。

目前,甲醛气体的检测方法按精确度划分,大致可分为两种:一种为精确测定法(仪器分析法),包括世界卫生组织推荐的高效液体色谱法(HPLC)、气相色谱法(DNPH-GC 法)及分光光度法(AHMT 分光光度法、酚试剂分光光度法、乙酰丙酮分光光度法等)等;另一种为简易测定法,该法主要用于快速检测,其精确度要求不高,主要有电法学方法、气敏传感器法,以及检测管方式和测定纸方式,即通过检测气体与指示剂发生化学反应而表现出的颜色变化来测定检测气体浓度。

三、实验设计要求

(1)查阅文献,撰写开题报告。

(2)根据实验室现有条件,提交实验研究方案(包括实验理论依据、实验仪器与试剂、实验步骤、数据处理)并与指导老师讨论。

(3)实验设计方案经老师审阅批准后方可实验。

实验五　土壤中重金属铅含量的测定

一、实验目的

查阅文献,了解土壤中重金属污染及其危害。掌握测定土壤中重金属含量的基本方法,并且通过试样的分析过程,进一步熟悉试样从采样、消解,到检测及数据处理的全过程,特别要比较分析影响测定土壤中重金属铅的含量的因素及提高测定准确度的方法。

二、实验背景

土壤是农业最基本的生产资料,土壤污染后,通过食物链,使某些有害物质在农产品中不断富集,造成生物与人类受害、致病甚至死亡。土壤一旦遭受污染,特别是重金属的污染,将很难得到消除,因此,对土壤中重金属的监测至关重要。一般对土壤中的重金属监测包括铜、锌、铅、铬、汞、镉等元素。

人为作用是使土壤遭受重金属污染的重要原因。在金属矿床开发、城市化、固体废弃物堆积以及为提高农业生产而施用化肥、农药、污泥及污水灌溉过程中,都可以使重金属在土壤中大量积累。积累在土壤中的重金属可以通过淋溶作用进入水体,也可以通过种植等农业活动进入农作物,进而对人体及生态系统造成危害。

多年来的研究表明,重金属污染对人体健康的危害是多方面、多层次的,其毒理作用表现为:造成生殖障碍,影响胎儿正常发育,威胁儿童和成人身体健康等,最终降低人口身体素质,阻碍了人口的可持续发展。

三、实验设计要求

(1)查阅文献,撰写开题报告。

(2)根据实验室现有条件,提交实验研究方案(包括实验理论依据、实验仪器与试剂、实验步骤、数据处理)并与指导老师讨论。

(3)实验设计方案经老师审阅批准后方可实验。

实验六 维生素C的测定

一、实验目的

学习查阅文献资料从中获取有益信息的方法，使学生自主获取维生素C的化学结构与组成、主要性质、常用鉴定方法及含量测定方法等知识，结合已有知识设计合理的实验方案。通过实验提高学生信息的收集和处理能力；提高学生知识迁移能力，培养学生的参与精神和合作态度；激发学生理论联系实际、学以致用的思想，提高用所学知识解决实际问题的能力。

二、实验背景

维生素C是人体维持生命不可缺少的物质之一。维生素C参加体内的氧化还原过程，促进人体的生长发育，增强人体对疾病的抵抗能力，促进细胞间质中胶原的形成，维持牙齿、骨骼、血管和肌肉的正常功能，增强肝脏的解毒能力，促进氨基酸中酪氨酸和色氨酸的代谢，延长寿命；改善脂肪和类脂特别是胆固醇的代谢，预防心血管病；改善铁、钙和叶酸的利用。当人体中缺少维生素C时，牙龈肿胀出血，牙床溃烂、牙松动，骨骼脆弱、黏膜及皮下易出血、伤口不易愈合，引起坏血病、贫血、心脏衰竭等症状。近年来科学家们还发现，维生素C能阻止亚硝酸盐和仲胺在胃内结合成致癌物质——亚脱胺，从而减低癌的发病率。

维生素C又称为抗坏血酸，为白色结晶型粉末，无臭、味酸、久置色渐变微黄，易溶于水，略溶于乙醇，在三氯甲烷或乙醚中不溶，存在于一切生活组织中，它是细胞代谢中重要的氧化-还原化合物。分子中具有与羰羟基共轭的烯二醇结构，使维生素C成为一种强还原性化合物。人和豚鼠是动物中唯一不能自动合成维生素C的，必须从饮食中摄取。维生素C广泛存在自然界中，主要是在植物，如水果蔬菜中存在。柑橘类、番茄、辣椒、马铃薯及浆果中含量较为丰富，而在刺梨、猕猴桃、蔷薇果和番石榴中含量最高。人究竟需要多少维生素C仍不太清楚，为45～75 $mg \cdot d^{-1}$。

在所有的维生素中维生素C是最不稳定的，在加工和储藏过程中很容易破坏，尤其是铜和铁的作用最大，另外将食品放在有氧气的地方或有氧加热或暴露在光下都会使食品中的维生素C受到损失。在中性和碱性条件下，当有空气时就可以使维生素C氧化,而在酸性条件下维生素C就比较稳定。

根据维生素C的性质,目前测定维生素C的方法有2,6-二氯靛酚滴定法、2,4-二硝基苯肼比色法、荧光法、紫外分光光度法、极谱法等多种方法。其中荧光法和2,4-二硝基苯肼比色法为国家标准测定方法。

三、实验设计要求

(1)查阅文献,撰写开题报告。

(2)根据实验室现有条件,提交实验研究方案(包括实验理论依据、实验仪器与试剂、实验步骤、数据处理)并与指导老师讨论。

(3)实验设计方案经老师审阅批准后方可实验。

实验七 肥料中总氮量的测定

一、实验目的

查阅文献，了解肥料在农业生产中的重要作用及测定肥料中总氮量的意义。掌握测定氮含量的基本方法，并通过试样的分析过程，进一步熟悉试样从采样、消解，到检测及数据处理的全过程，特别要比较分析影响测定肥料中总氮量的因素及提高测定准确度的方法。可以提高学生独立思考的能力。

二、实验背景

农业生产是国民经济的基础，而农业生产离不开土壤，土壤中的养分又是一切作物生长、增产的物质基础，早在我国西周时期就已经知道补充土壤养分可以促进谷物的生长。因此，人们通常把能够改善土壤性质，提高土壤肥力，为植物生长提供必需营养元素的这类物质称为肥料。

肥料的分类方法很多，按照其来源、成分和性质可分为有机肥料、无机肥料和微生物肥料 3 种。有机肥料含有大量的有机物，是天然有机质经微生物分解发酵而成。如中国人习惯使用的家畜粪尿、绿肥、厩肥、堆肥、沤肥和沼气肥等。微生物肥料是以微生物的生命活动导致作物得到特定肥料效应的一种制品，如根瘤菌肥、磷细菌肥等。无机肥料是指以矿物为原料，用化学方法经过化工生产、加工制成的肥料，即通常所说的化肥，如硫酸铵、硝酸铵、过磷酸钙、氯化钾、磷酸铵、草木灰等等。目前最常用的是复混肥料，它是把氮肥中的一种或几种与磷肥、钾肥按一定的配比通过多种工艺生产的多组分的混合型肥料。

氮是植物的主要营养元素，是蛋白质、核酸、叶绿素的主要组成部分，1958 年和 1980 年的全国性土壤普查表明，我国绝大部分土壤缺氮，所以氮肥的生产和使用成为提高作物产量的重要手段。因此，肥料中氮含量的高低越来越受到重视，监测肥料中的总氮量也成为评价肥料质量优劣的标准。

常见氮肥有铵态氮肥，如硫酸铵、氯化铵、磷酸铵；硝态氮肥，如硝酸磷肥、硝酸钙等；酰胺态氮肥，如尿素及有机态氮肥。在测定总氮含量时是将不同形态的氮转化为铵态氮测量。

目前，肥料中的氮的测定有蒸馏滴定法、甲醛法和凯式定氮法。由于肥料的种类很多，在进行实际肥料的测定时，要特别注意肥料中氮的存在形式，选择不同的试样前处理方法，对于未知组分的复混肥料，通常采取先还原再消化的方式。

三、实验设计要求

(1)查阅文献，撰写开题报告。

(2)根据实验室现有条件，提交实验研究方案(包括实验理论依据、实验仪器与试剂、实验步骤、数据处理)并与指导老师讨论。

(3)实验设计方案经老师审阅批准后方可实验。

实验八　植物中色素的提取与分离鉴定

一、实验目的

通过查阅文献，了解天然色素的种类和用途，掌握从植物中提取天然色素的方法。熟悉用色谱法对物质进行分离，通过对植物色素的提取，进一步掌握色谱柱与薄层色谱的操作，并学会选择恰当的方法对分离后的产物进行定量分析。

二、实验背景

天然色素主要从各种植物中提取，其中很多品种具有生物活性，比如姜黄有抗癌作用，红花黄有降压作用，辣椒红、菊花黄、高粱红、玉米黄、沙棘黄有抗氧化作用，桑葚红有降血脂作用，葡萄皮红、茶绿素有调脂作用等等。合成色素虽然色泽鲜艳，性质稳定，但对人体有害也是不争的事实。由于合成色素存在着负面效应，世界各国对合成色素的使用严格限制，取而代之的是安全无毒的天然色素。

一种植物中含有多种色素，一般根据相似相溶原理，选用适当的有机溶剂和恰当的方法，可有目的地提取植物中的色素。比如提取植物中的叶绿色通常用丙酮和乙醇为溶剂，用浸泡的方法，提取辣椒色素用油溶的方法。所有这些色素提取后，都还是混合物，需要将这些混合的组分分离开来。分离这些组分可以用薄层色谱法，也可用柱色谱进行分离。在柱色谱中固定相对各组分的吸附能力不同，流动相对各组分的解吸速度也不同，吸附能力弱，解析速度快的先被洗脱下来，吸附能力强，解吸速度慢的后被洗脱下来，从而使各组分达到分离的目的。分离之后的各组分再选用适当的分析方法和手段进行含量测定。通常借助于紫外可见分光光度计、荧光分光光度计等。

三、实验设计要求

(1)查阅文献，撰写开题报告。

(2)根据实验室现有条件，提交实验研究方案(包括实验理论依据、实验仪器与试剂、实验步骤、数据处理)并与指导老师讨论。

(3)实验设计方案经老师审阅批准后方可实验。

第五部分

英文实验

Titration of the Weak Acid Potassium Hydrogen Phthalate (KHP)

INTRODUCTION

Materials generally considered to possess acidic and/or basic properties are widely distributed in nature and range from simple inorganic materials through organic and biological molecules of great complexity. Since acid-base equilibrium is a general phenomenon, it is advantageous to use it as an analytical tool. Acid-base titrations are conducted by adding a known amount of one reagent (either acid or base) to a sample of the opposite nature (either base or acid) until all available ionizable hydrogen ions of one solution have reacted with all available hydroxide ions in the other to form water. This experiment is designed both to demonstrate the techniques of titrimetric analysis and to explore the relationships involving stoichiometry, pH, and acid-base equilibria.

The general reaction involved in neutralization titrations can be depicted as follows:

$$\underset{\text{(acid)}}{HA}+\underset{\text{(base)}}{MOH}=H_2O+MA$$

In this experiment you will determine the amount of acid present by titration with the strong base NaOH. Since it is hard to prepare a NaOH solution of accurately known concentration directly from the solid, you will need to standardize your NaOH solution against a precisely weighed amount of standard acid. The acid used is the weak monoprotic acid, potassium hydrogen. The reaction of KHP with sodium hydroxide is shown below.

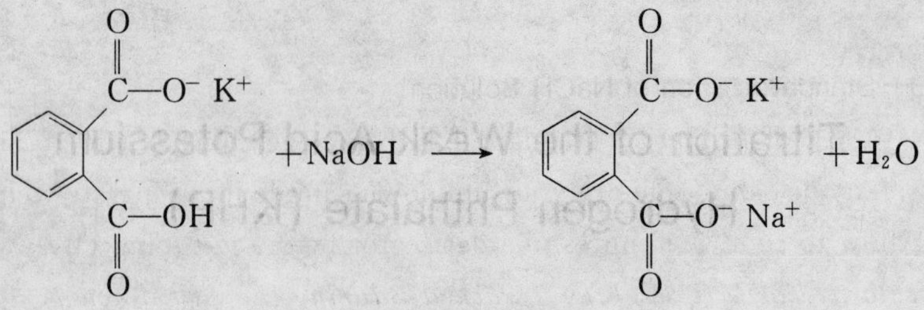

KHP Neutralization

REAGENTS AND APPARATUS

Potassium hydrogen phthalate (high purity).
Phenolphthalein indicator solution.
50% NaOH solution.
50. 00 mL buret.
Erlenmeyer flasks.

PROCEDURE

****One week in advance**** You should dry the standard KHP and solid unknown one week in advance. It may also be possible to boil the water in advance.

PART A — Preparation of 0. 1 mol · L^{-1} sodium hydroxide

1. Boil about 1. 5 L of distilled water for 5 min to remove carbon dioxide. This will allow you to make enough NaOH solution to do several experiments. Allow the water to cool covered with a watch glass; transfer while warm (40°C) to your large plastic bottle.
2. Using a transfer pipet and a rubber bulb, transfer to this bottle the volume required of a clear saturated, 50%(*w*/*w*), solution of NaOH to make the desired concentration of ≈0. 1 mol · L^{-1}. The density of the 50%(*w*/*w*) NaOH is ≈ 1. 50 g · mL^{-1}. Mix thoroughly and keep covered (*How can atmospheric carbon dioxide lower the concentration of* OH^- *?*). Keep this solution even after completion of this experiment, as it will be required for other experiments.

PART B — Standardization of NaOH Solution

1. Dry 4 to 5 g of primary — standard KHP in a weighing bottle at 110℃ for 2 hours. At the same time dry your unknown sample in a separate weighing bottle. Allow to cool 30 minutes in a desiccator before weighing (*Why should the desiccator lid be left slightly "cracked" during the cool-down period?*) Save any unused KHP for use later in the semester.
2. On the analytical balance, accurately weigh four samples of the pure, dry KHP standard. Each sample should weigh between 0.6-0.7 g.
3. Dissolve each KHP sample in approximately 100 mL of distilled water in a 250 mL or 500 mL Erlenmeyer flask (*Why is the exact volume of water unimportant?*)
4. Add a few drops of phenolphthalein solution.
5. Titrate with the NaOH solution that you are standardizing. The endpoint is faint pink. Strive for consistency in the color and intensity of the endpoint.
6. Calculate the formality of the NaOH for each titration and find the average formality.

PART C — Determination of % KHP in Unknown

1. Accurately weigh four samples (1.4-1.8 g) of unknown and dissolve each sample in 100 mL of distilled water in a separate 250 mL Erlenmeyer flask.
2. Add a few drops of phenolphthalein solution.
3. Titrate with the standardized NaOH to a faint pink endpoint.
4. Calculate the percentage of KHP in the unknown mixture, and as its 95% confidence interval.

INFORMATION, HELPS AND HINTS FOR KHP DETERMINATION

Preparation:

- Prepare approximately 1.5 L of 0.100 mol • L^{-1} NaOH solution. You may find it necessary to use in a future experiment or may also find the time to repeat this experiment in the future. You should be able to predict the amount of 50% NaOH you require for this with knowledge of the fact that we will use a 50% (*w/w*) solution of NaOH with an approximate density of 1.50 g •

mL^{-1}.

- Both your primary standard KHP and your unknown samples must be dried for at least 2 hours at 110℃. Avoid temperatures much higher than this because the acid may decompose. Once the samples have been dried, store them in your desiccator.
- A point of note, standardization of NaOH and its subsequent use as a titrant are best done within one week of each other. NaOH concentration will change over a period of time, especially if the bottle in which it is contained has been opened and closed many times. One approach that may help is to squeeze excess air out of the bottle before capping it.

Technique:

- Familiarize yourself with correct buret usage. See your text. Remember to estimate volumes to ±0.01 mL.
- Avoid the bubble that sometimes forms at the tip of the buret. It should be removed before titrating.
- Always record an initial and final buret reading during *any* titration. Points will be deducted for failure to write both measurements in your notebook.
- It is best to prepare 4 samples each for the standardization and unknown determination. You may then use the first sample to "hone-in" on the approximate volumes of NaOH solution necessary to reach the end point of the titrations. The initial "quick and dirty" titration often actually saves you time. Once it is completed, you can then more quickly add titrant into the other three samples until near the end point and then patiently and dropwise "sneak up" on the end point of the titrations. Even if you prefer not to follow this logic, the fourth sample will allow room for errors or give you a little better statistical relevancy.
- One or two drops of phenolphthalein are sufficient for the titration. Addition of too much indicator will necessitate an **INDICATOR BLANK** (I would strongly advise you to look this term up). Also, be certain to learn to be consistent with the addition of amounts of indicator. It will play an important role in later experiments.
- Before progressing to the unknown determination, it is urged that you review

your calculated standardization results. If the data are not adequate (i. e. the relative standard deviation of the three triplicate samples used in your standardization should be about 0. 25% or less to be considered reasonable), you should repeat these titrations for improved results. Calculations of your results immediately in lab often can save large amounts of setup time because they often allow you to catch problems immediately.

Calculations:

- You may wish to note and correct for the purity of the primary standard KHP (potassium hydrogen phthalate) in your standardization calculations.
- Know how to perform the calculations for standardization and the unknown determination. You will be held responsible for this. MEMORIZATION OF THE FORMULA IS NOT AN ACCEPTABLE ALTERNATIVE. YOU SHOULD BE ABLE TO DERIVE THE CALCULATION FROM YOUR KNOWLEDGE OF STOICHIOMETRY AND SOLUTION CHEMISTRY.
- Use the Q-test to evaluate any outliers in your data. See your textbook for details. Remember that well-kept experimental observations can also serve as a subjective means of data evaluation (be sure to document your observations).
- Don't forget the error discussion for the experiment. You will need to evaluate (calculate) the predicted uncertainty for the experiment and to compare it to the standard deviation that you obtain in order to include with this discussion. Not only should you point out possible errors made, but you should also identify the effect of these errors upon your final result.

Spectrophotometric Determination of Iron

INTRODUCTION

The Spectronic 20 is an example of a direct-reading, single-beam spectrophotometer. By virtue of being direct-reading, spectrophotometers feature fast operation, and because of their simple design they are relatively inexpensive and require a minimum of maintenance. They are particularly well suited for spectrophotometric determinations of a single component at a single wavelength where only moderate accuracy (± 1 to $3\%T$) is required.

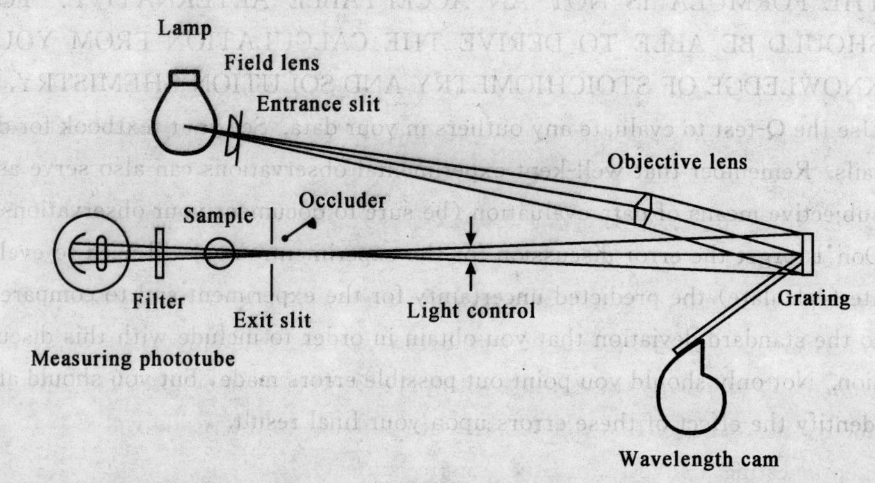

Common analytical applications of spectrophotometry take advantage of the Beer-Lambert Law (often simply called Beer's Law) that relates the concentration of an analyte to its absorbance of monochromatic radiation as shown below:

$$A = -\lg T = \varepsilon bc$$

Where A is absorbance, T is transmittance, ε is a proportionality constant called the molar absorptivity, b is the path length through the sample, c is analyte concentration. So, by measuring the absorbance (or transmittance) at a single wavelength for a series of analyte solutions of known concentration, it is possible to prepare a calibration curve for the analyte response.

The limitations of the single-beam instrument become apparent when an absorption spectrum over a wavelength range is required. The response of the phototube, the emissivity of the light source, and the intensity of the light diffracted by the grating are all a function of wavelength.

Accordingly, in order to obtain the absorption spectrum of a compound, the instrument must be recalibrated each time the wavelength setting is changed.

HANDLING OF CUVETTES

The handling of the cuvettes is extremely important. Often two cuvettes are used simultaneously, one for the "blank" solution and one for the samples to be measured. Yet any variation in the cuvette (such as a change in the cuvette width or curvature of the glass, stains, smudges, or scratches) will cause varying results. Thus, it is essential to follow several rules in dealing with cuvettes:

1. Do not handle the lower portion of a cuvette through which the light beam will pass.
2. Always rinse the cuvette with several portions of the solution before taking a measurement.
3. Wipe off any liquid drops or smudges on the lower half of the cuvette with a clean Kimwipe (or other lens paper) before placing the the cuvette in the instrument. Never wipe the cuvette with paper towels or handkerchiefs. Inspect the cuvette to ensure that nor bubbles are clinging to the inside walls.
4. When inserting a cuvette into the sample holder:
   a. To avoid any possible scratching of the cuvette in the optical path, insert the cuvette with the index line facing toward the front of the instrument.
   b. After the cuvette is seated, line up the index lines exactly.
5. When using two cuvettes simultaneously, use one of the cuvettes always for the blank solution and the other for the various samples being measured. Mark the cuvette (on the upper portion) accordingly and do not interchange the cuvettes during the remainder of the experiment.
6. Do not use a test tube brush to clean the cuvettes after the experiment is complete.

REAGENTS

1,10-Phenanthroline (0.1 g of 1,10-phenanthroline monohydrate in 100 mL of distilled water, warming to effect solution if necessary).
Hydroxylamine hydrochloride (10 g in 100 mL of distilled water).
Sodium acetate (10 g in 100 mL of distilled water).
Ferrous ammonium sulfate hexahydrate.

PART A—DETERMINATION of SPECTRAL RESPONSE of a SINGLE-BEAM SPECTROPHOTOMETER

The purpose of this section is to familiarize you with the Spectronic 20 operation and to provide a justification for why you must reset your instrument response each time a new wavelength has been chosen.

The phototube in the Spectronic 20 is type S-4 (cesium-antimony). The relative response of the phototube to a beam of monochromatic light of constant intensity is greatest near 400 nm and decreases fairly rapidly above 475 nm. Its response at 625 nm is only 5% of that at its maximum near 400 nm.

Procedure

The Spectronic 20 should be allowed to warm-up at least 10 minutes before use. First, adjust the instrument, photocell dark (i.e. no cuvette in the sample holder), with the zero control. Next, insert a cuvette filled with water into the sample holder. Rotate the 100% control until the meter needle reads near mid-scale. Now rotate the wavelength control in the range between 350 and 625 nm, adjusting the 100% control to allow the meter to stay on scale throughout the entire wavelength range. Note the wavelength where the transmittance is maximum (needle deflection is greatest). Carefully balance the instrument at 100% transmittance at the wavelength of maximum transmittance. You should now be able to rotate the wavelength control between 350 and 625 nm without the meter going off scale.

Without changing either the dark current control or the 100% *T* control, vary the wavelength from 350 to 625 nm in 25 nm intervals and record the instrument response. Plot the instrument response vs. wavelength.

PART B—DETERMINATION of IRON with 1,10-PHENANTHROLINE

Introduction

The reaction between ferrous ion and 1,10-phenanthroline to form a red complex serves as a sensitive method for determining iron.

$$Fe^{2+} + 3\ phen \rightarrow [Fe(phen)_3]^{2+}$$

1,10-phenanthroline(phen)

The molar absorptivity of the complex, $[(C_{12}H_8N_2)_3Fe]^{2+}$, is 11 100 at 508 nm. The intensity of the color is independent of pH in the range 2 to 9. The complex is very stable and the color intensity does not change appreciably over long periods of time. Beer's law is obeyed.

The iron must be in the ferrous state, and hence a reducing agent is added before the color is developed. Hydroxylamine, as its hydrochloride, can be used to reduce any ferric ion that is present:

$$2Fe^{3+} + 2NH_2OH + 2OH^- \rightarrow 2Fe^{2+} + N_2 + 4H_2O$$

The pH is adjusted to a value between 6 and 9 by addition of ammonia or sodium acetate. An excellent discussion of interferences and of applications of this method is given by Sandell.

Procedure

1. Weigh accurately about 0.07 g of pure ferrous ammonium sulfate hexahydrate, dissolve it in water, and transfer the solution to a 1 L volumetric flask. Add 2.5 mL of concentrated sulfuric acid and dilute the solution to the mark. Calculate the concentration of the solution in mg of iron per mL. (Remember, your solution was prepared using $Fe(NH_4)_2(SO_4)_2 \cdot 6H_2O$).
2. Prepare the unknown sample as follows. Add about 0.12 g of the solid unknown and approximately 0.25 mL concentrated sulfuric acid into a 100 mL

volumetric flask and dilute to the mark. Now transfer a 1 mL aliquot of this solution to another 100 mL volumetric flask-do not dilute yet. This will be referred to as the "prepared unknown".

3. Into five 100 mL volumetric flasks, pipet (volumetrically) 1, 5, 10, 25 and 50 mL portions of the standard iron solution. Put 50 mL of distilled water into another flask to serve as the blank. To each flask, including the "prepared unknown", add 1 mL of the hydroxylamine solution, 10 mL of the 1,10-phenanthroline solution and 8 mL of the sodium acetate solution. Then dilute all the solutions to the 100 mL marks and allow them to stand for 10 minutes with occasional shaking of the flasks.
4. Using the blank as a reference and any one of the iron solutions prepared above, measure the absorbance at different wavelengths in the interval from 400 to 600 nm. (Note that it is necessary to re-adjust the 0% T and 100% T settings whenever the wavelength is changed). Take reading about 20 nm apart except in the region of maximum absorbance where intervals of 5 nm should be used. Plot the absorbance vs. wavelength and connect the points to from a smooth curve. Select the proper wavelength to use for the determination of iron with 1,10-phenanthroline.
5. Also, calculate the molar absorption coefficient, ε, at the wavelength of maximum absorption (λ_{max}) on the absorption curve (assume $b = 1$ cm).
6. Measure the absorbance of each of the standard solutions and the unknown at the selected wavelength. Plot the absorbance vs. the concentration of the standards. Note whether Beer's law is obeyed. Using the absorbance of the unknown solution calculate the % (w/w) iron in your original solid sample and its 95% confidence interval, remember to correct for dilutions.

附　　录

Ⅰ. 相对原子质量(1985 年)

元素 符号	元素 名称	相对原子质量	元素 符号	元素 名称	相对原子质量	元素 符号	元素 名称	相对原子质量	元素 符号	元素 名称	相对原子质量
Ac	锕	[227]	Er	铒	167.26	Mn	锰	54.938 05	Ru	钌	101.07
Ag	银	107.62	Es	锿	[254]	Mo	钼	95.94	S	硫	32.066
Al	铝	26.981 54	Eu	铕	151.965	N	氮	14.006 74	Sb	锑	121.75
Am	镅	[243]	F	氟	18.998 40	Na	钠	22.989 77	Sc	钪	44.955 91
Ar	氩	39.948	Fe	铁	55.847	Nb	铌	92.906 38	Se	硒	78.96
As	砷	74.921 59	Fm	镄	[257]	Nd	钕	144.24	Si	硅	28.085 5
At	砹	[210]	Fr	钫	[223]	Ne	氖	20.179 7	Sm	钐	150.36
Au	金	196.966 54	Ga	镓	69.723	Ni	镍	58.69	Sn	锡	118.710
B	硼	10.811	Gd	钆	157.25	No	锘	[254]	Sr	锶	87.62
Ba	钡	137.327	Ge	锗	72.61	Np	镎	237.048 2	Ta	钽	180.947 9
Be	铍	9.012 18	H	氢	1.007 94	O	氧	15.999 4	Tb	铽	158.925 34
Bi	铋	208.980 37	He	氦	4.002 60	Os	锇	190.2	Tc	锝	98.906 2
Bk	锫	[247]	Hf	铪	178.49	P	磷	30.973 76	Te	碲	127.60
Br	溴	79.904	Hg	汞	200.59	Pa	镤	231.035 88	Th	钍	232.038 1
C	碳	12.011	Ho	钬	164.930 32	Pb	铅	207.2	Ti	钛	47.88
Ca	钙	40.078	I	碘	126.904 47	Pd	钯	106.42	Tl	铊	204.383 3
Cd	镉	112.411	In	铟	114.82	Pm	钷	[145]	Tm	铥	168.934 21
Ce	铈	140.115	Ir	铱	192.22	Po	钋	[～210]	U	铀	238.028 9
Cf	锎	[251]	K	钾	39.098 3	Pr	镨	140.907 65	V	钒	50.941 5
Cl	氯	35.452 7	Kr	氪	83.80	Pt	铂	195.08	W	钨	183.85
Cm	锔	[247]	La	镧	138.905 5	Pu	钚	[244]	Xe	氙	131.29
Co	钴	58.933 20	Li	锂	6.941	Ra	镭	226.025 4	Y	钇	88.905 85
Cr	铬	51.996 1	Lr	铹	[257]	Rb	铷	85.467 8	Yb	镱	173.04
Cs	铯	132.905 43	Lu	镥	174.967	Re	铼	186.207	Zn	锌	65.39
Cu	铜	63.546	Md	钔	[256]	Rh	铑	102.905 50	Zr	锆	91.224
Dy	镝	162.50	Mg	镁	24.305 0	Rn	氡	[222]			

Ⅱ 常见化合物的摩尔质量

g · mol⁻¹

化合物	摩尔质量	化合物	摩尔质量	化合物	摩尔质量
Ag_3AsO_4	462.53	$CdCO_3$	172.41	HCl	36.46
$AgBr$	187.78	$CdCl_2$	183.33	H_2CO_3	62.03
$AgCl$	143.32	CdS	144.47	$H_2C_2O_4 \cdot 2H_2O$	126.07
$AgCN$	133.89	$Ce(SO_4)_2$	332.24	HF	20.01
Ag_2CrO_4	331.73	$CoCl_2$	129.84	HI	127.91
AgI	234.77	CoS	90.99	HIO_3	175.61
$AgNO_3$	169.87	$CoSO_4$	154.99	HNO_3	63.02
$AgSCN$	165.95	$CrCl_3$	158.36	H_2O	18.02
$AlCl_3$	133.33	Cr_2O_3	151.99	H_2O_2	34.02
Al_2O_3	101.96	$CuCl$	99.00	H_3PO_4	97.99
$Al(OH)_3$	78.00	$CuCl_2$	134.45	H_2S	34.08
$Al_2(SO_4)_3$	342.17	CuI	190.45	H_2SO_4	98.09
As_2O_3	197.84	CuO	79.55	$HgCl_2$	271.50
As_2O_5	229.84	Cu_2O	143.09	Hg_2Cl_2	472.09
As_2S_3	246.05	CuS	95.62	HgI_2	454.40
$BaCO_3$	197.31	$CuSO_4$	159.62	HgO	216.59
BaC_2O_4	225.32	$CO(NH_2)_2$	60.05	HgS	232.65
$BaCl_2$	208.25	CO_2	44.01	$HgSO_4$	296.67
$BaCl_2 \cdot 2H_2O$	244.37	$FeCl_3$	162.21	KBr	119.00
$BaCrO_4$	253.32	FeO	71.85	$KBrO_3$	167.00
$Ba(OH)_2$	171.35	Fe_2O_3	159.69	KCl	74.55
$BaSO_4$	233.37	$Fe(OH)_3$	106.88	K_2CO_3	138.21
$CaCl_2$	110.99	$FeSO_4 \cdot 7H_2O$	278.01	KCN	65.12
$CaCO_3$	100.09	$NH_4Fe(SO_4)_2 \cdot 12H_2O$	482.2	K_2CrO_4	194.19
CaC_2O_4	128.10	$FeSO_4 \cdot (NH_4)_2SO_4 \cdot 6H_2O$	392.14	$K_2Cr_2O_7$	294.18
CaO	56.08	H_3AsO_3	125.94	$KHC_2O_4 \cdot H_2C_2O_4 \cdot 2H_2O$	254.19
$Ca(OH)_2$	74.10	H_3AsO_4	141.94	KI	166.00
$Ca_3(PO_4)_2$	310.18	H_3BO_3	61.83	$KHC_8H_4O_4(KHP)$	204.22
$CaSO_4$	136.14	CH_3COOH	60.05	KIO_3	214.00

续表

化合物	摩尔质量	化合物	摩尔质量	化合物	摩尔质量
$KMnO_4$	158.03	$CH_3COONa(NaAc)$	82.03	$NiCl_2 \cdot 6H_2O$	237.69
KNO_3	101.10	NaCl	58.44	$NiSO_4 \cdot 7H_2O$	280.87
K_2O	94.20	$NaHCO_3$	84.01	P_2O_5	141.91
KOH	56.11	$Na_2HPO_4 \cdot 12H_2O$	358.14	$PbCl_2$	278.10
K_2SO_4	174.27	$Na_2H_2Y \cdot 2H_2O$	372.24	$PbCO_3$	267.21
$MgCO_3$	84.32	$NaNO_3$	85.00	$Pb_3(PO_4)_2$	811.54
$MgCl_2$	95.22	Na_2SO_4	142.05	$PbSO_4$	303.27
MgC_2O_4	112.33	NaOH	40.00	SO_2	64.07
$MgNH_4PO_4$	137.32	$Na_2S_2O_3$	158.12	SiF_4	104.08
MgO	40.31	$Na_2B_4O_7 \cdot 10H_2O$	381.42	SiO_2	60.08
$Mg(OH)_2$	58.33	NH_3	17.03	$SnCl_2$	189.60
$Mg_2P_2O_7$	222.55	NH_4Cl	53.49	$SnCl_4$	260.50
$MgSO_4 \cdot 7H_2O$	246.49	$(NH_4)_2CO_3$	96.09	$SrCO_3$	147.63
$MnCO_3$	114.95	$(NH_4)_2C_2O_4$	124.10	$SrCrO_4$	203.62
$MnCl_2 \cdot 4H_2O$	197.91	NH_4HCO_3	79.06	$SrSO_4$	183.68
MnO_2	86.94	$(NH_4)_2MoO_4$	196.01	$ZnCO_3$	125.39
MnS	87.01	NH_4NO_3	80.04	$ZnCl_2$	136.29
$MnSO_4 \cdot 4H_2O$	223.06	$(NH_4)_2HPO_4$	132.06	$ZnSO_4 \cdot 7H_2O$	287.57
Na_2CO_3	105.99	$(NH_4)_2SO_4$	132.15	$ZnSO_4$	161.46
$Na_2C_2O_4$	134.00	NH_4VO_3	116.98		

Ⅲ. 常用酸碱溶液的相对密度和浓度

相对密度	HCl的浓度		HNO_3 的浓度		H_2SO_4 的浓度	
(15℃)	g·(100 g)$^{-1}$	mol·L^{-1}	g·(100 g)$^{-1}$	mol·L^{-1}	g·(100 g)$^{-1}$	mol·L^{-1}
1.02	4.13	1.15	3.70	0.6	3.1	0.3
1.04	8.16	2.3	7.26	1.2	6.1	0.6
1.05	10.2	2.9	9.0	1.5	7.4	0.8
1.06	12.2	3.5	10.7	1.8	8.8	0.9
1.08	16.2	4.8	13.9	2.4	11.6	1.3
1.10	20.0	6.0	17.1	3.0	14.4	1.6
1.12	23.8	7.3	20.2	3.6	17.0	2.0
1.14	27.7	8.7	23.3	4.2	19.9	2.3
1.15	29.6	9.3	24.8	4.5	20.9	2.5
1.19	37.2	12.2	30.9	5.8	26.0	3.2
1.20			32.3	6.2	27.3	3.4
1.25			39.3	7.9	33.4	4.3
1.30			47.5	9.8	39.2	5.2
1.35			55.8	12.0	44.8	6.2
1.40			65.3	14.5	50.1	7.2
1.42			69.8	15.7	52.2	7.6
1.45					55.0	8.2
1.50					59.8	9.2
1.55					64.3	10.2
1.60					68.7	11.2
1.65					73.0	12.3
1.70					77.2	13.4
1.84					95.6	18.0

相对密度	NH_3 的浓度		NaOH的浓度		KOH的浓度	
(15℃)	g·(100 g)$^{-1}$	mol·L^{-1}	g·(100 g)$^{-1}$	mol·L^{-1}	g·(100 g)$^{-1}$	mol·L^{-1}
0.88	35.0	18.0				
0.90	28.3	15				
0.91	25.0	13.4				
0.92	21.8	11.8				
0.94	15.6	8.6				
0.96	9.9	5.6				
0.98	4.8	2.8				
1.05			4.5	1.25	5.5	1.0
1.10			9.0	2.5	10.9	2.1
1.15			13.5	3.9	16.1	3.3
1.20			18.0	5.4	21.2	4.5
1.25			22.5	7.0	26.1	5.8
1.30			27.0	8.8	30.9	7.2
1.35			31.8	10.7	35.5	8.5

Ⅳ. 常用弱酸弱碱的解离常数表(18～25℃)

名　称	化学式	$K_a(K_b)$	$pK_a(pK_b)$
亚砷酸	$HAsO_2$	6.0×10^{-10}	9.22
砷　酸	H_3AsO_4	$K_1=6.5\times10^{-3}$	2.19
		$K_2=1.15\times10^{-7}$	6.94
		$K_3=3.2\times10^{-12}$	11.50
硼　酸	H_3BO_3	$K_1=5.8\times10^{-10}$	9.24
碳　酸	H_2CO_3	$K_1=4.2\times10^{-7}$	6.38
		$K_2=5.6\times10^{-11}$	10.25
氢氰酸	HCN	4.9×10^{-10}	9.31
铬　酸	H_2CrO_4	$K_1=1.8\times10^{-1}$	0.74
		$K_2=3.2\times10^{-7}$	6.49
氢氟酸	HF	6.8×10^{-4}	3.17
氢硫酸	H_2S	$K_1=8.9\times10^{-8}$	7.05
		$K_2=1.2\times10^{-13}$	12.92
亚硝酸	HNO_2	4.6×10^{-4}	3.33
过氧化氢	H_2O_2	2.4×10^{-12}	11.62
磷　酸	H_3PO_4	$K_1=6.9\times10^{-3}$	2.16
		$K_2=6.23\times10^{-8}$	7.21
		$K_3=4.8\times10^{-13}$	12.32
焦磷酸	$H_4P_2O_7$	$K_1=3.0\times10^{-2}$	1.52
		$K_2=4.4\times10^{-3}$	2.36
		$K_3=2.5\times10^{-7}$	6.60
		$K_4=5.6\times10^{-10}$	9.25
偏硅酸	H_2SiO_3	$K_1=1.7\times10^{-10}$	9.77
		$K_2=1.6\times10^{-12}$	11.80
硫　酸	H_2SO_4	$K_2=1.2\times10^{-2}$	1.92
亚硫酸	H_2SO_3	$K_1=1.29\times10^{-2}$	1.89
		$K_2=6.3\times10^{-7}$	6.20
甲酸(蚁酸)	HCOOH	1.7×10^{-4}	3.77
醋　酸	CH_3COOH	1.79×10^{-5}	4.75

续表

名 称	化学式	$K_a(K_b)$	$pK_a(pK_b)$
抗坏血酸	$C_6H_8O_6$	$K_1=6.8\times10^{-5}$	4.17
		$K_2=2.8\times10^{-12}$	11.56
草 酸	$H_2C_2O_4\cdot2H_2O$	$K_1=5.6\times10^{-2}$	1.25
		$K_2=5.1\times10^{-5}$	4.29
水杨酸	$C_6H_4OH\cdot COOH$	$K_1=1.3\times10^{-3}$	2.89
		$K_2=8\times10^{-14}$	13.1
磺基水杨酸	$C_6H_3SO_3H\cdot OH\cdot COOH$	$K_2=3\times10^{-3}$	2.5
		$K_3=3\times10^{-12}$	11.5
酒石酸	$H_2C_4H_4O_6$	$K_1=9.1\times10^{-4}$	3.04
		$K_2=4.3\times10^{-5}$	4.37
邻苯二甲酸	$C_6H_4(COOH)_2$（苯环邻位 —COOH、—COOH）	$K_1=1.1\times10^{-3}$	2.95
		$K_2=3.9\times10^{-6}$	5.41
柠檬酸	$H_3OHC_6H_4O_6$	$K_1=7.4\times10^{-4}$	3.13
		$K_2=1.8\times10^{-5}$	4.74
		$K_3=4.0\times10^{-7}$	6.40
苹果酸	$COOH\cdot CHOHCH_2COOH$	$K_1=4.0\times10^{-4}$	3.40
		$K_2=8.9\times10^{-6}$	5.05
苯甲酸	C_6H_5COOH	6.2×10^{-5}	4.20
乳酸	$CH_3CHOHCOOH$	1.4×10^{-4}	3.86
乙二胺四乙酸 (EDTA)	$CH_2-N(CH_2COOH)_2$ | $CH_2-N(CH_2COOH)_2$	$K_1=1.3\times10^{-1}$	0.9
		$K_2=3\times10^{-2}$	1.52
		$K_3=8.5\times10^{-3}$	2.07
		$K_4=1.8\times10^{-3}$	2.74
二乙三胺五乙酸 (DTPA)	$CH_2-CH_2-N(CH_2COOH)_2$ | $N-CH_2COOH$ | $CH_2-CH_2-N(CH_2COOH)_2$	$K_1=1.29\times10^{-2}$	1.89
		$K_2=1.62\times10^{-3}$	2.79
		$K_3=5.13\times10^{-5}$	4.29
		$K_4=2.46\times10^{-9}$	8.61
		$K_5=3.81\times10^{-11}$	10.42

续表

名　称	化学式	$K_a(K_b)$	$pK_a(pK_b)$
8-羟基喹啉	C_9H_6NOH	$K_1=8\times10^{-6}$	5.1
		$K_2=1\times10^{-10}$	10
氨水	$NH_3\cdot H_2O$	1.8×10^{-5}	4.74
甲胺	CH_3NH_2	4.2×10^{-4}	3.38
乙胺	$CH_3CH_2NH_2$	4.3×10^{-4}	3.37
三乙醇胺	$(HOCH_2CH_2)_3N$	5.8×10^{-7}	6.24
六亚甲基四胺	$(CH_2)_6N_4$	1.4×10^{-9}	8.85

Ⅴ. 难溶化合物的溶度积常数表(18～25℃)

难溶化合物	K_{sp}	pK_{sp}	难溶化合物	K_{sp}	pK_{sp}
$Ag[Ag(CN)_2]$	7.2×10^{-11}	10.14	$Ca(OH)_2$	5.5×10^{-6}	5.26
$AgBr$	4.95×10^{-13}	12.31	$Ca_3(PO_4)_2$	2×10^{-29}	28.7
Ag_2CO_3	8.1×10^{-12}	11.09	$CaSO_4$	9.1×10^{-6}	5.04
$Ag_2C_2O_4$	3.4×10^{-11}	10.46	$CdCO_3$	5.2×10^{-12}	11.28
$AgSCN$	1.0×10^{-12}	12.0	$Cr(OH)_2$	2×10^{-16}	15.7
$AgCl$	1.77×10^{-10}	9.75	$Cr(OH)_3$	6.3×10^{-31}	30.2
Ag_2CrO_4	1.12×10^{-12}	11.95	$CrPO_4$	1×10^{-17}	17.0
$Ag_2Cr_2O_7$	2×10^{-7}	6.7	$CuCO_3$	1.4×10^{-10}	9.86
AgI	8.3×10^{-16}	16.08	CuC_2O_4	2.3×10^{-8}	7.64
$AgOH$	2.0×10^{-8}	7.71	$CuCl$	1.2×10^{-6}	5.92
Ag_3PO_4	1.4×10^{-16}	15.84	$CuSCN$	4.8×10^{-15}	14.32
Ag_2S	6.3×10^{-50}	49.2	$CuCrO_4$	3.6×10^{-6}	5.44
Ag_2SO_4	1.4×10^{-5}	4.84	$Cu_2[Fe(CN)_6]$	1.3×10^{-16}	15.89
$AlAsO_4$	1.6×10^{-16}	15.8	CuI	1.1×10^{-12}	11.96
$Al(OH)_3$	1.3×10^{-33}	32.9	$CuOH$	1×10^{-14}	14.0
$AlPO_4$	6.3×10^{-19}	18.24	$Cu(OH)_2$	2.2×10^{-20}	19.66
Al-8-羟基喹啉	1.0×10^{-29}	29.0	CuS	6.3×10^{-36}	35.2
As_2S_3	2.1×10^{-22}	21.68	Cu_2S	2.5×10^{-48}	47.6
$Ba_3(AsO_4)_2$	8×10^{-51}	50.1	$CdC_2O_4\cdot3H_2O$	9.1×10^{-8}	7.04
$BaCO_3$	8.1×10^{-9}	8.09	$Cd_2[Fe(CN)_6]$	3.2×10^{-17}	16.49
BaC_2O_4	1.6×10^{-7}	6.80	$Cd(OH)_2$(新沉淀)	2.2×10^{-14}	13.66
$BaCrO_4$	1.2×10^{-10}	9.93	$Cd(OH)_2$(陈化)	5.9×10^{-15}	14.23
BaF_2	1.0×10^{-6}	5.98	CdS	8×10^{-27}	26.1
$Ba(OH)_2$	5×10^{-3}	2.3	$CoCO_3$	1.4×10^{-13}	12.84
$BaSO_4$	1.1×10^{-10}	9.96	$Co_2[Fe(CN)_6]$	1.8×10^{-15}	14.74
$Ca_3(AsO_4)_2$	6.8×10^{-19}	18.2	$Co(OH)_2$(蓝、新鲜)	1.6×10^{-14}	13.8
$CaCO_3$	2.8×10^{-9}	8.54	$Co(OH)_2$(红、陈化)	5×10^{-16}	15.3
$CaC_2O_4\cdot2H_2O$	2.5×10^{-9}	8.6	$Co(OH)_3$	1.6×10^{-44}	43.8
CaF_2	2.7×10^{-11}	10.57	$CoS(\alpha)$	4.0×10^{-21}	20.4
$CaHPO_4$	1×10^{-7}	7.0	$CoS(\beta)$	2.0×10^{-25}	24.7

续表

难溶化合物	K_{sp}	pK_{sp}	难溶化合物	K_{sp}	pK_{sp}
$FeCO_3$	3.2×10^{-11}	10.5	$Mn(OH)_2$	1.9×10^{-13}	12.72
FeC_2O_4	3.2×10^{-7}	6.5	MnS(浅红)	2.5×10^{-10}	9.6
$Fe_4[Fe(CN)_6]_3$	3.3×10^{-41}	40.5	MnS(绿)	2.5×10^{-13}	12.60
$Fe(OH)_2$	3.7×10^{-15}	14.43	$PbCO_3$	7.4×10^{-14}	13.13
$Fe(OH)_3$	1.1×10^{-36}	35.96	PbC_2O_4	4.8×10^{-10}	9.32
$FePO_4$	1.3×10^{-22}	21.9	$PbCl_2$	1.6×10^{-5}	4.79
FeS	6.3×10^{-18}	17.2	$PbCrO_4$	2.8×10^{-13}	12.55
Fe_2S_3	1×10^{-38}	38.0	PbF_2	2.7×10^{-8}	7.57
Hg_2CO_3	8.9×10^{-17}	16.1	$PbHPO_4$	1.3×10^{-10}	9.9
$Hg_2C_2O_4$	2×10^{-13}	12.7	PbI_2	7.1×10^{-9}	8.15
$Hg_2(CN)_2$	5×10^{-40}	39.3	$Pb(OH)_2$	1.2×10^{-15}	14.93
$Hg_2(SCN)_2$	2×10^{-20}	19.7	$Pb_3(PO_4)_2$	8×10^{-43}	42.1
Hg_2Cl_2	2.0×10^{-18}	17.70	PbS	1.1×10^{-28}	27.96
$HgCrO_4$	2×10^{-9}	8.7	$PbSO_4$	1.6×10^{-8}	7.79
$(Hg_2)_3[Fe(CN)_6]_2$	8.5×10^{-21}	20.07	$Sn(OH)_2$	1.4×10^{-28}	27.85
$Hg_2(OH)_2$	2×10^{-24}	23.7	$Sn(OH)_4$	1×10^{-56}	56.0
$Hg(OH)_2$	3×10^{-26}	25.52	SnS	1×10^{-25}	25.0
HgS(红)	4×10^{-53}	52.4	$SrCO_3$	1.1×10^{-10}	9.96
HgS(黑)	1.6×10^{-52}	51.8	SrC_2O_4	6.3×10^{-8}	7.2
Hg_2SO_4	1×10^{-17}	17.0	$SrCrO_4$	2.2×10^{-5}	4.65
$K[B(C_6H_5)_4]$	2.2×10^{-8}	7.65	$Sr_3(PO_4)_2$	4×10^{-28}	27.4
$KHC_4H_4O_6$	3.0×10^{-4}	3.52	$SrSO_4$	3.2×10^{-7}	6.49
$K_2NaCo(NO_2)_6$	2.2×10^{-11}	10.66	SrF_2	2.5×10^{-9}	8.61
$MgCO_3$	2.6×10^{-5}	4.58	$ZnCO_3$	1.4×10^{-11}	10.84
MgC_2O_4	8.6×10^{-5}	4.07	ZnC_2O_4	2.7×10^{-8}	7.56
MgF_2	6.5×10^{-9}	8.19	$Zn_2[Fe(CN)_6]$	4.0×10^{-16}	15.4
$MgNH_4PO_4$	2.5×10^{-13}	12.6	$Zn[Hg(SCN)_4]$	2.2×10^{-7}	6.66
$Mg(OH)_2$	5×10^{-12}	11.3	$Zn(OH)_2$	1.2×10^{-17}	16.92
Mg-8-羟基喹啉	4×10^{-16}	15.4	$Zn_3(PO_4)_2$	9.0×10^{-33}	32.05
$MnCO_3$	1.8×10^{-11}	10.74	ZnS(α)	1.6×10^{-24}	23.8
$MnC_2O_4\cdot2H_2O$	1.1×10^{-15}	14.96	ZnS(β)	2.5×10^{-22}	21.6
$Mn_2[Fe(CN)_6]$	8×10^{-13}	12.1	Zn-8-羟基喹啉	5×10^{-25}	24.3

Ⅵ.一些配合物的形成常数表(18～25℃)

配合物	$\lg K_f$	配合物	$\lg K_f$	配合物	$\lg K_f$
$[AgCl_4]^{3-}$	5.31	$[Co(NH_3)_6]^{3+}$	35.2	$[Fe(C_2O_4)_3]^{3-}$	20.2
$[AgBr_4]^{3-}$	9.20	$[Co(C_2O_4)_3]^{4-}$	9.7	$[HgCl_4]^{2-}$	16.21
$[AgI_4]^{3-}$	13.75	$[Co(C_2O_4)_3]^{3-}$	≈20	$[HgBr_4]^{2-}$	21.0
$[Ag(CN)_2]^{-}$	21.10	CrF_3	10.29	$[HgI_4]^{2-}$	20.83
$[Ag(SCN)_2]^{-}$	7.57	$[Cr(SCN)_2]^{+}$	3.0	$[Hg(CN)_4]^{2-}$	41.4
$[AgC_2O_4]^{-}$	2.41	$[CuCl_3]^{2-}$	5.7	$[Hg(SCN)_4]^{2-}$	21.23
$[Ag(NH_3)_2]^{+}$	7.03	$[CuBr_2]^{-}$	5.89	$[Hg(NH_3)_4]^{2+}$	19.4
$[Ag(S_2O_3)_2]^{3-}$	13.46	$[CuI_2]^{-}$	8.76	$[Hg(S_2O_3)_4]^{6-}$	33.24
$[AlF_6]^{3-}$	19.84	$[Cu(CN)_4]^{3-}$	30.3	$[Hg(C_2O_4)_2]^{2-}$	6.98
$[Al(C_2O_4)_3]^{3-}$	16.3	$[Cu(SCN)_2]^{-}$	5.18	$[Mg(C_2O_4)_2]^{2-}$	4.38
$[CdCl_4]^{2-}$	2.8	$[Cu(NH_3)_2]^{+}$	10.8	$[MnF]^{+}$	5.48
$[CdBr_4]^{2-}$	3.7	$[Cu(NH_3)_4]^{2+}$	12.67	$[Mn(C_2O_4)_3]^{4-}$	19.4
$[CdI_4]^{2-}$	6.49	$[Cu(S_2O_3)_3]^{5-}$	13.84	$[PbBr_4]^{2-}$	3.0
$[Cd(CN)_4]^{2-}$	18.85	FeF_3	12.06	$[PbI_4]^{2-}$	4.47
$[Cd(SCN)_4]^{2-}$	3.6	$[Fe(F_5)]^{2-}$	15.77	$[Zn(CN)_4]^{2-}$	10
$[Cd(NH_3)_4]^{2+}$	7.12	$[Fe(CN)_6]^{4-}$	35	$[Pb(S_2O_3)_3]^{4-}$	6.35
$[Cd(S_2O_3)_2]^{2-}$	6.44	$[Fe(CN)_6]^{3-}$	42	$[Pb(C_2O_4)_2]^{2-}$	6.54
$[Cd(C_2O_4)_2]^{2-}$	5.77	$Fe(SCN)_3$	5.64	$[Zn(CN)_4]^{2-}$	16.7
$[Co(CN)_4]^{2-}$	19.1	$[Fe(SCN)_5]^{2-}$	6.4	$[Zn(NH_3)_4]^{2+}$	9.46
$[Co(SCN)_4]^{2-}$	3.0	$[FeHPO_4]^{+}$	9.35	$[Zn(C_2O_4)_3]^{4-}$	8.15
$[Co(NH_3)_6]^{2+}$	5.11	$[Fe(C_2O_4)_3]^{4-}$	5.2		

Ⅶ. 氨羧配位剂类配合物的形成常数表(18～25℃)

金属离子	lg K_f					
	EDTA	CyDTA	DTPA	EGTA	HEDTA	TTHA
Ag^{+}	7.32			6.88	6.71	8.67
Al^{3+}	16.3	17.63	18.6	13.9	14.3	19.7
Ba^{2+}	7.86	8.0	8.87	8.41	6.3	8.22
Be^{2+}	9.3	11.51				
Bi^{3+}	27.94	32.3	35.6		22.3	
Ca^{2+}	10.7	12.10	10.83	10.97	8.3	10.06
Cd^{2+}	16.7	19.23	19.2	16.7	13.3	19.8
Ce^{3+}	15.98	16.76				
Co^{2+}	16.31	18.92	19.27	12.39	14.6	17.1
Co^{3+}	36				37.4	
Cr^{3+}	23.4					
Cu^{2+}	18.80	21.30	21.55	17.71	17.6	19.2
Er^{3+}						23.19
Fe^{2+}	14.32	19.0	16.5	11.87	12.3	
Fe^{3+}	25.1	30.1	28.0	20.5	19.8	26.8
Ga^{3+}	20.3	22.91	25.54		16.9	
Hg^{2+}	21.80	25.00	26.70	23.2	20.30	26.8
In^{3+}	25.0	28.8	29.0		20.2	
La^{3+}		16.26				22.22
Li^{+}	2.79					
Mg^{2+}	8.7	11.02	9.30	5.21	7.0	8.43
Mn^{2+}	13.87	16.78	15.60	12.28	10.9	14.65

续表

金属离子	lg K_f					
	EDTA	CyDTA	DTPA	EGTA	HEDTA	TTHA
Mo(Ⅴ)	≈28					
Na^+	1.66					
Nd^{3+}	16.61	17.68				22.82
Ni^{2+}	18.62	20.3	20.32	13.55	17.3	18.1
Pb^{2+}	18.04	19.68	18.80	14.71	15.7	17.1
Pd^{2+}	18.5					
Pr^{3+}	16.4	17.31				
Sc^{3+}	23.1	26.1	24.5	18.2		
Sn^{2+}	18.3					
Sn^{4+}	34.5					
Sr^{2+}	8.73	10.59	9.77	8.50	6.9	9.26
Th^{4+}	23.2	25.6	28.78			31.9
TiO^{2+}	17.3					
Tl^{3+}	37.8	38.3				
U^{4-}	25.8	27.6	7.69			
VO^{2+}	18.8	19.40				
Y^{3+}	18.10	19.15	22.13	17.16	14.78	
Zn^{2+}	16.50	18.67	18.40	12.7	14.7	
Zr^{2+}	29.5		35.8			16.65
稀土元素	16～20	17～22	19		13～16	

EDTA：乙二胺四乙酸；

CyDTA：1,2-二胺基环己烷四乙酸(或称 DCTA)；

DTPA：二乙基三胺五乙酸；

EGTA：乙二醇二乙醚二胺四乙酸；

HEDTA：N-β羟基乙基乙二胺三乙酸；

TTHA：三乙基四胺六乙酸。

Ⅷ. 标准电极电势表(25℃)

电极反应	$\varphi^{\ominus}$/V
$K^+ + e^- \rightleftharpoons K$	−2.924
$Sr^{2+} + 2e^- \rightleftharpoons Sr$	−2.89
$Ca^{2+} + 2e^- \rightleftharpoons Ca$	−2.76
$Na^+ + e^- \rightleftharpoons Na$	−2.711
$Mg^{2+} + 2e^- \rightleftharpoons Mg$	−2.375
$Al^{3+} + 3e^- \rightleftharpoons Al$	−1.66
$ZnO_2^{2-} + 2H_2O + 2e^- \rightleftharpoons Zn + 4OH^-$	−1.216
$SO_4^{2-} + H_2O + 2e^- \rightleftharpoons SO_3^{2-} + 2OH^-$	−0.92
$Zn^{2+} + 2e^- \rightleftharpoons Zn$	−0.762 8
$S + 2e^- \rightleftharpoons S^{2-}$	−0.508
$2CO_2$(气)$ + 2H^+ + 2e^- \rightleftharpoons H_2C_2O_4$	−0.490
$Fe^{2+} + 2e^- \rightleftharpoons Fe$	−0.409
$Se + 2H^+ + 2e^- \rightleftharpoons H_2Se$	−0.40
$SeO_3^{2-} + 3H_2O + 4e^- \rightleftharpoons Se + 6OH^-$	−0.366
$H_3PO_4 + 2H^+ + 2e^- \rightleftharpoons H_3PO_3 + H_2O$	−0.276
$AgI + e^- \rightleftharpoons Ag + I^-$	−0.151
$2H^+ + 2e^- \rightleftharpoons H_2$	0
$NO_3^- + H_2O + 2e^- \rightleftharpoons NO_2^- + 2OH^-$	0.01
$AgBr + e^- \rightleftharpoons Ag + Br^-$	0.073
$S_4O_6^{2-} + 2e^- \rightleftharpoons 2S_2O_3^{2-}$	0.09
$S + 2H^+ + 2e^- \rightleftharpoons H_2S$	0.141
$Sn^{4+} + 2e^- \rightleftharpoons Sn^{2+}$	0.15
$Cu^{2+} + e^- \rightleftharpoons Cu^+$	0.158
$SO_4^{2-} + 4H^+ + 2e^- \rightleftharpoons H_2SO_3 + H_2O$	0.20
$AgCl + e^- \rightleftharpoons Ag + Cl^-$	0.222
$Cu^{2+} + 2e^- \rightleftharpoons Cu$	0.340 2
$O_2 + H_2O + 4e^- \rightleftharpoons 4OH^-$	0.401
I_2(固)$ + 2e^- \rightleftharpoons 2I^-$	0.534 5
$I_3^- + 2e^- \rightleftharpoons 3I^-$	0.535 5

续表

电极反应	$\varphi^{\ominus}$/V
$MnO_4^- + e^- \rightleftharpoons MnO_4^{2-}$	0.564
$H_3AsO_4 + 2H^+ + 2e^- \rightleftharpoons HAsO_2 + 2H_2O$	0.58
$MnO_4^- + 2H_2O + 3e^- \rightleftharpoons MnO_2 + 4OH^-$	0.58
$O_2 + 2H^+ + 2e^- \rightleftharpoons H_2O_2$	0.682
$Fe^{3+} + e^- \rightleftharpoons Fe^{2+}$	0.770
$Hg_2^{2+} + 2e^- \rightleftharpoons 2Hg$	0.789
$Ag^+ + e^- \rightleftharpoons Ag$	0.799 6
$Hg^{2+} + 2e^- \rightleftharpoons Hg$	0.851
$Cu^{2+} + I^- + e^- \rightleftharpoons CuI$	0.86
$2Hg^{2+} + 2e^- \rightleftharpoons Hg_2^{2+}$	0.995
$NO_3^- + 3H^+ + 2e^- \rightleftharpoons HNO_2 + H_2O$	0.94
$NO_3^- + 4H^+ + 3e^- \rightleftharpoons NO + 2H_2O$	0.96
$VO_2^+ + 2H^+ + e^- \rightleftharpoons VO^{2+} + H_2O$	0.999
$HNO_2 + H^+ + e^- \rightleftharpoons NO + H_2O$	1.00
$Br_2 + 2e^- \rightleftharpoons 2Br^-$	1.065
$IO_3^- + 6H^+ + 6e^- \rightleftharpoons I^- + 3H_2O$	1.085
$2IO_4^- + 16H^+ + 10e^- \rightleftharpoons I_2 + 8H_2O$	1.20
$MnO_2 + 4H^+ + 2e^- \rightleftharpoons Mn^{2+} + 2H_2O$	1.208
$O_2 + 4H^+ + 4e^- \rightleftharpoons 2H_2O$	1.229
$Cr_2O_7^{2-} + 14H^+ + 6e^- \rightleftharpoons 2Cr^{3+} + 7H_2O$	1.33
$Cl_2 + 2e^- \rightleftharpoons 2Cl^-$	1.358 3
$BrO_3^- + 6H^+ + 6e^- \rightleftharpoons Br^- + 3H_2O$	1.44
$Ce^{4+} + e^- \rightleftharpoons Ce^{3+}$	1.443
$ClO_3^- + 6H^+ + 6e^- \rightleftharpoons Cl^- + 3H_2O$	1.45
$2ClO_3^- + 12H^+ + 10e^- \rightleftharpoons Cl_2 + 6H_2O$	1.47
$HClO + H^+ + 2e^- \rightleftharpoons Cl^- + H_2O$	1.49
$MnO_4^- + 8H^+ + 5e^- \rightleftharpoons Mn^{2+} + 4H_2O$	1.51
$2HClO + 2H^+ + 2e^- \rightleftharpoons Cl_2 + 2H_2O$	1.63
$H_2O_2 + 2H^+ + 2e^- \rightleftharpoons 2H_2O$	1.776
$F_2 + 2e^- \rightleftharpoons 2F^-$	2.87

Ⅸ. 部分氧化还原电对的条件电极电势表

电极反应	$\varphi^{\ominus}{}'$/V	介质
$Ag^+ + e^- \rightleftharpoons Ag$	0.792	$c(HClO_4)=1\ mol \cdot L^{-1}$
	0.228	$c(HCl)=1\ mol \cdot L^{-1}$
	0.59	$c(NaOH)=1\ mol \cdot L^{-1}$
$Ce^{4+} + e^- \rightleftharpoons Ce^{3+}$	1.70	$c(HClO_4)=1\ mol \cdot L^{-1}$
	1.61	$c(HNO_3)=1\ mol \cdot L^{-1}$
	1.44	$c(H_2SO_4)=0.5\ mol \cdot L^{-1}$
	1.28	$c(HCl)=1\ mol \cdot L^{-1}$
$Co^{3+} + e^- \rightleftharpoons Co^{2+}$	1.84	$c(HNO_3)=3\ mol \cdot L^{-1}$
$Cr^{3+} + e^- \rightleftharpoons Cr^{2+}$	−0.40	$c(HCl)=5\ mol \cdot L^{-1}$
$Cr_2O_7^{2-} + 14H^+ + 6e^- \rightleftharpoons 2Cr^{3+} + 7H_2O$	0.93	$c(HCl)=0.1\ mol \cdot L^{-1}$
	0.97	$c(HCl)=0.5\ mol \cdot L^{-1}$
	1.00	$c(HCl)=1\ mol \cdot L^{-1}$
	1.05	$c(HCl)=2\ mol \cdot L^{-1}$
	1.08	$c(HCl)=3\ mol \cdot L^{-1}$
	1.11	$c(H_2SO_4)=2\ mol \cdot L^{-1}$
	1.15	$c(H_2SO_4)=4\ mol \cdot L^{-1}$
	1.30	$c(H_2SO_4)=6\ mol \cdot L^{-1}$
	1.34	$c(H_2SO_4)=8\ mol \cdot L^{-1}$
	0.84	$c(HClO_4)=0.1\ mol \cdot L^{-1}$
	1.025	$c(HClO_4)=1\ mol \cdot L^{-1}$
	1.27	$c(HNO_3)=1\ mol \cdot L^{-1}$
$CrO_4^{2-} + 2H_2O + 3e^- \rightleftharpoons CrO_2^- + 4OH^-$	−0.12	$c(NaOH)=1\ mol \cdot L^{-1}$
$Cu^{2+} + e^- \rightleftharpoons Cu^+$	−0.09	pH=14.0

续表

电极反应	$\varphi^{\ominus\prime}$/V	介质
$Fe^{3+}+e^{-} \rightleftharpoons Fe^{2+}$	0.75	$c(HClO_4)=1\ mol \cdot L^{-1}$
	0.68	$c(H_2SO_4)=1\ mol \cdot L^{-1}$
	0.70	$c(HCl)=1\ mol \cdot L^{-1}$
	0.46	$c(H_3PO_4)=2\ mol \cdot L^{-1}$
	0.51	$c(HCl)=1\ mol \cdot L^{-1}$
		$c(H_3PO_4)=0.25\ mol \cdot L^{-1}$
$H_3AsO_4+2H^{+}+2e^{-} \rightleftharpoons HAsO_2+2H_2O$	0.557	$c(HCl)=1\ mol \cdot L^{-1}$
	0.557	$c(HClO_4)=1\ mol \cdot L^{-1}$
$I_3^{-}+2e^{-} \rightleftharpoons 3I^{-}$	0.545	$c(H_2SO_4)=0.5\ mol \cdot L^{-1}$
$MnO_4^{-}+8H^{+}+5e^{-} \rightleftharpoons Mn^{2+}+4H_2O$	1.45	$c(HClO_4)=1\ mol \cdot L^{-1}$
	1.27	$c(H_3PO_4)=8\ mol \cdot L^{-1}$
$SnCl_6^{2-}+2e^{-} \rightleftharpoons SnCl_4^{2-}+2Cl^{-}$	0.14	$c(HCl)=1\ mol \cdot L^{-1}$
$Sn^{2+}+2e^{-} \rightleftharpoons Sn$	−0.16	$c(HClO_4)=1\ mol \cdot L^{-1}$
$Pb^{2+}+2e^{-} \rightleftharpoons Pb$	−0.32	$c(NaAc)=1\ mol \cdot L^{-1}$
	−0.14	$c(HClO_4)=1\ mol \cdot L^{-1}$
Ti(Ⅳ)$+e^{-} \rightleftharpoons$Ti(Ⅲ)	−0.01	$c(H_2SO_4)=0.4\ mol \cdot L^{-1}$
	0.12	$c(H_2SO_4)=4\ mol \cdot L^{-1}$
	−0.04	$c(HCl)=1\ mol \cdot L^{-1}$
	−0.05	$c(H_3PO_4)=1\ mol \cdot L^{-1}$

参考文献

[1] 朱寿珩.定量分析.3版.北京:北京农业大学出版社,1994.

[2] 赵士铎.定量分析化学简明教程.北京:中国农业大学出版社,2008.

[3] 北京大学化学系分析化学教研室编.基础分析化学实验.北京:北京大学出版社,1993.

[4] 赵士铎.定量分析实验.北京:中国农业大学出版社,2008.

[5] 徐家宁,等.基础化学实验.北京:高等教育出版社,2006.

[6] 张寒琦.徐家宁,等.综合和设计化学实验.北京:高等教育出版社,2006.

[7] Sandell E B. Colorimetric Determination of Traces of Metals. 3rd ed. New York:Interscience Publishers, Inc., 1959.

[8] Titration of the Weak Acid Potassium Hydrogen Phthalate (KHP). http://www2.truman.edu/~blamp/chem222/manual/pdf/khp.pdf.

[9] Spectrophotometric Determination of Iron. http://www2.truman.edu/~blamp/chem222/manual/pdf/ironspec.pdf.